ROGER FACON

NICOLAS FLAMEL EST PARMI NOUS

Paris, Gisors, Rennes-Le-Château

Les Cahiers d'Irem N°7

« Ignoble furie des massacres !... Horreurs de la guerre !... »

Léo Larguier, *Le faiseur d'or Nicolas Flamel*

© **2020 LES ÉDITIONS DE L'ŒIL DU SPHINX**
ISBN : 978-2-38014 022 4
EAN : 9782380140224
Collection Les Cahiers d'Irem (n°7)
ISSN de la collection : 2275-9670
Dépôt Légal : avril 2020

La couverture est signée André Savéant ©

ROGER FACON

NICOLAS FLAMEL EST PARMI NOUS

Paris, Gisors, Rennes-Le-Château

LES ÉDITIONS DE L'ŒIL DU SPHINX
36-42 rue de la Villette
75019 PARIS, France
www.œildusphinx.com
ods@œildusphinx.com

DU MEME AUTEUR

Aux éditions de l'Œil du Sphinx
FULCANELLI & ET LES ALCHIMISTES ROUGES
FULCANELLI, COMMANDEUR DU TEMPLE
FULCANELLI ET LA GEOPOLITIQUE DU DIABLE
FULCANELLI CONFIDENTIEL

Aux éditions Gallimard
LA CRYPTE

Aux éditions de l'Archipel
LE LION DES FLANDRES

Aux éditions Eurédif
MORT AU GOUROU

Aux éditions Abysses
L'HERITAGE DU SPHINX
LE MAÎTRE DU SAINT SANG, en collaboration avec Serge Ottaviani

Aux éditions Rivière Blanche
LA TEMPLIERE

Aux éditions Hyperion avenue
C'ETAIT AU TEMPS DES SOUCOUPES VOLANTES

Aux éditions Les presses du Midi
TUER POUR DAGON

Aux éditions Fleuve Noir
PAR LE SABRE DES ZINJAS
LA PLANETE DES FEMMES
DIVINE ENTREPRISE
LES SERVITEURS DE LA FORCE, en collaboration avec Jean-Marie Parent
LES COMPAGNONS DE LA LUNE BLÊME

Aux éditions Alain Lefeuvre
QUAND L'ATLANTIDE RESURGIRA
LE GRAND SECRET DES ROSE-CROIX
SECTES ET SOCIETES SECRETES AUJOURD'HUI : LE COMPLOT DES OMBRES, en collaboration avec Jean-Marie Parent
LES MEURTRES DE L'OCCULTE, en collaboration avec Jean-Marie Parent

Aux éditions Montorgueil
L'OR DE JERUSALEM

Aux éditions SPE
LA CITE D'YS
MOI, GILLES DE RAIS
VERITE ET REVELATIONS SUR L'ORDRE DU TEMPLE SOLAIRE

Aux éditions Robert Laffont
LA FLANDRE INSOLITE
CHATEAUX FORTS MAGIQUES DE FRANCE
VERCINGETORIX ET LES MYSTERES GAULOIS
JACQUES COEUR ET GILLES DE RAIS
en collaboration avec Jean-Marie Parent

ROMAN VRAI

Avertissement

Ma grand-mère paternelle Louise Patin — fille de l'alchimiste rouge Léon Patin (1865-1941), disciple de Fulcanelli, fondateur du cercle verrier d'Aniche avec ses complices Roger Schneider, François Jollivet Castelot et le docteur Alexandre Caffeau — a passé la majeure partie de son existence à enquêter sur Flamel.

Nicolas Flamel est parmi nous, me disait-elle, il s'efforce non seulement de prendre le pouls de la société française mais de corriger les erreurs et méfaits de nos gouvernants. Il agit avec les moyens dont il dispose, lesquels — même s'ils relèvent de la magie blanche — ne sauraient faire l'impasse sur la dette karmique de la France ni s'affranchir du libre-arbitre des Français.

J'ai passé mon adolescence, au milieu des *sixties*, à rêver de l'alchimiste de Saint-Jacques-la-Boucherie. A essayer de comprendre les raisons de sa présence dans l'Hexagone alors que le Général de Gaulle fermait les puits de mines, que les Américains répandaient du napalm au Vietnam et que ma grand-mère Louise disparaissait des journées entières, occupée à recueillir des indices, à aller chez des gens en faisant du stop.

Sans ces heures inoubliables passées à écouter ma grand-mère discourir sur Flamel et recouper à haute voix les informations que son acharnement et la providence lui avaient permis de recueillir, je n'aurais jamais pu écrire ce roman.

Prologue

Je sors du jardin médiéval de Cluny.

Je sais désormais, Maître, que vous vous êtes fait pour nous semeur d'unité... Gardien des arcanes alchimiques du Vieux-Paris.

Votre carte est celle du Bateleur. La première carte du Tarot. Elle vous représente debout derrière une table dont on ne voit que trois pieds. Les trois phases de l'Œuvre. Le quaternaire d'Aziluth amputée de Daath, la séphire oubliée.

Vous êtes le Mage, l'Adepte, l'opérateur. Votre chapeau à larges bords dessine un huit couché, symbole de l'infini pour le mathématicien, symbole du Christ protecteur pour le cherchant.

Votre corps affecte la configuration de l'Aleph, la première lettre de l'alphabet hébraïque.

Votre main gauche tient la baguette magique, symbole de l'axe du monde, en correspondance avec le feu.

Devant vous, sur la table, sont disposés la coupe, le Saint-Graal, l'épée d'Arthur, l'épée des Templiers des derniers temps.

Et le denier ou sicle d'or...

Récompense ultime qui résume tous les trésors enfouis et convoités de par le monde.

Oui...

Tous les trésors.

Avant-hier

CHAPITRE PREMIER

Février 1938.

Albert Lebrun est à l'Élysée, Léon Blum à Matignon.

Nous, nous sommes en hypokhâgne au lycée Henri IV. Passionnés d'ésotérisme, d'occultisme et de fantastique, nous fondons le club des Argonautes, suite à une série de songes initiatiques.

Des « entités » ont choisi notre trio pour rallumer la flamme égyptienne dans l'antique cité d'Isis. Nous nous attelons à cette tâche exaltante avec enthousiasme et modestie. Nos loisirs, nous les occupons à fréquenter les salles du Louvre dédiées aux Antiquités égyptiennes, à rouler à bicyclette, dormir sous la tente et chasser le trésor le long des rivières de notre douce France au gré des « visions » médiumniques de notre camarade Jacques Bromy. Tandis que Blum quitte la présidence du conseil au profit de Daladier, nous nous rêvons aventuriers de l'impossible, chevaliers errants...

La guerre éclate, nous résistons.

Après avoir fabriqué de faux papiers, transporté des armes, fait sauter des ponts et échappé, en novembre 1943, à la Gestapo française de la rue Lauriston, nous trouvons refuge dans les Ardennes où nous poursuivons un effort très personnel consistant à nous emparer d'une partie du trésor SS.

Une tonne d'or évanouie en forêt le 6 mars 1944.

Un camion, deux Tractions avant détruits. Huit SS en civil carbonisés.

Et nous trois, sains et saufs.

Et riches. Prodigieusement riches.

Cette fortune colossale, issue de la récupération d'une tonne d'or nazie et sa refonte en lingots suisses, nous la ferons prospérer à notre manière. Jacques Bromy en investissant dans des fonderies industrielles. Jules Morice en reprenant des scieries et des garages, sans compter une officine sécuritaire lui permettant d'accompagner en Afrique la politique extérieure de la France. Et moi, Roger Fage, en rachetant une chaîne de librairies ainsi que l'agence de police privée de mon père, « Fage sécurité, enquêtes délicates ».

En janvier 1946, notre club des Argonautes se transforme en Loge des Argonautes, une loge se réclamant du dieu Thot, de la Rose-Croix et de la franc-maçonnerie égyptienne dans la plus stricte indépendance, en dehors de toute obédience.

Nos tenues ont vocation de se tenir, le premier jeudi du mois, dans le temple égyptien qu'abrite la longue cave voûtée de l'hôtel particulier de Jacques Bromy adossé à une tour de l'ancienne abbaye de Saint-Martin-des-Champs.

CHAPITRE 2

Vingt ans après, aurait dit le grand Alexandre, père des trois mousquetaires, du vicomte de Bragelonne et des mille et un fantômes.

Vingt ans et cinquante-huit jours après, très exactement.

Soit le 10 mars 1966.

Un jeudi.

Au sortir des agapes fraternelles qui prolongent nos travaux en loge, Jacques Bromy m'invite à le suivre — avec le frère Bernard Blanc, conseiller spécial du ministre de l'Intérieur Roger Frey — dans son cabinet de travail encombré de tableaux de maîtres et de livres rares.

Nous avons droit à deux doigts de cognac et un havane.

— Connais-tu J.R. Bright ? me demande notre hôte alors que je suis penché sur la flamme de la longue allumette qu'il vient de craquer.

— Pas plus que ça, dis-je. Je sais qu'il publie ses romans au Fleuve Noir. Dans la collection Angoisse. Des romans plutôt bien ficelés.

— J.R. Bright est un pseudonyme. Connais-tu l'homme qui se cache derrière ce pseudo ?

Je fais la moue.

— Non.

— Bien sûr que si, me taquine Jacques, tout sourire. Tu ne connais que lui... Pierre Dron, l'ancien conseiller de Pétain en matière de renseignement intérieur et de lutte contre les sociétés secrètes ! L'homme qui a vu bouillir de très près l'infâme marmite de Marquès-Rivière, rue Greffulhe.

— Je le croyais mort, assassiné sur une route d'Espagne ?...

— Dron a été crié mort à la Libération, tu as raison, mais c'était du pipeau, il se portait comme un charme. Réfugié à Saragosse, il s'est arrangé pour faire des affaires avec le beau-frère du Caudillo et revenir s'installer discrètement à Paris après l'amnistie des anciens collabos. Fin 1954, il a racheté des imprimeries à Montrouge et Pantin. Il a aussi monté une petite affaire d'import-export à Marseille dont il suit en dilettante le développement. Il brasse pas mal d'argent. Tout en occupant ses loisirs à écrire...

Je m'attends au pire avec Dron.

— ... Il devait publier en mars 1964 *La figurine magique*. Une histoire de chasses au trésor et de voyages dans le temps. Des séjours spatio-temporels à Paris, à Bourges, à Reims, à Tiffauges, à Nantes...

Jacques Bromy vrille son regard dans le mien.

— ... Nantes en plein quinzième siècle. Dans les mois ayant précédé l'arrestation et le procès de Gilles de Rais...

Les souvenirs se bousculent en moi comme ils ont dû se bousculer en Jacques. Forcément. Qui dit Gilles de Rais dit François Prélati, mage noir, empoisonneur. Et le fantôme de Prélati apparu, un certain soir de janvier 1943, dans une villa d'Auteuil.

— ... Gourdon avait déjà illustré la couve. Le tapuscrit n'est jamais arrivé à la compo. Mieux, il s'est volatilisé.

Le Maître de la Loge des Argonautes fait grincer le

tiroir central de son bureau Louis XV, il pousse vers moi une couverture bleu acier, signée Gourdon.

— Œuvre originale. Cadeau.

— Merci, dis-je.

Du Gourdon pur jus. Un chevalier en cotte de maille, coiffé d'un heaume, épée au côté. La tour Saint-Jacques en arrière-plan. Je n'ai qu'à imaginer le titre en blanc et le nom de l'auteur en jaune. Je pose la couverture bleu acier sur mes genoux en attendant que Jacques poursuive son laïus.

— Remis le 30 novembre 1963 à ton ami François Richard, directeur de la collection Angoisse, le tapuscrit de *La figurine magique* a disparu, la nuit du 2 au 3 janvier 1964, lors d'un cambriolage perpétré à l'intérieur des locaux du Fleuve Noir. Bien que les bureaux d'Armand de Caro et de François Richard aient été fracturés et visités cette nuit-là, en plus du secrétariat, la direction du Fleuve n'a pas souhaité déposer plainte. Voilà ce que j'ai appris lors d'un dîner en ville...

J'attends la suite en souriant.

— ... L'auteur du cambriolage serait un certain Christian Soreau. Il n'a jamais été inquiété par la police. On l'a assassiné le 13 juin 1964, aux alentours de 23 heures, alors qu'il venait de dîner avec des amis. Le tueur l'attendait chez lui... On n'a relevé aucune trace d'effraction. Soreau s'est fait cueillir d'une balle en plein front dans le couloir d'entrée de son appartement et achever d'une balle dans la nuque. Le lendemain matin, le sieur Pierre Halbrar était retrouvé égorgé dans le garage de sa maison de Suresnes. Halbrar était le beau-frère de Soreau... Tous deux travaillaient pour le service 7 du SDECE en qualité de contractuels.

*

Deux ans après l'assassinat de Soreau et celui d'Helbrar, la tâche que Jacques Bromy m'assigne est simple, si j'ose dire.

Réveiller des fantômes.

CHAPITRE 3

Le vendredi 11 mars, en milieu de matinée, je déboule dans le bureau de François Richard, boulevard Saint-Marcel.

L'estimable maison fondée par Armand de Caro vit mal son rachat par les Presses de la Cité. Fleuve Noir n'a pas trop envie de mettre de l'eau dans son encre. L'ambiance est plutôt morose. François Richard tient à sa collection même si elle passe pour le vilain petit canard du Fleuve. J'ai mon entrée en matière toute trouvée.

– Si jamais ça tourne mal, François, je monte une maison d'édition et je t'en offre la gérance...

– Merci, Roger... Mais bon, je n'ai pas dit mon dernier mot.

François et moi, on se connaît depuis un bail. L'édition populaire me tente, il le sait, on en a souvent parlé ensemble. J'ai racheté une imprimerie et trois nouvelles librairies l'année dernière et je les ai mises en gérance. Créer ou racheter une maison d'édition ne me fait pas peur.

Je sors de la poche droite de mon veston un tirage photographique de la couverture de Gourdon à laquelle je dois d'avoir si mal dormi. Je le pose devant moi.

– Ça te dit quelque chose, je suppose...

François Richard se penche par-dessus les deux piles de manuscrits qui encombrent son bureau en faisant la grimace.

– Comment as-tu eu ça ?

– L'un de mes clients cherche à comprendre pourquoi *La figurine magique* a déserté ton catalogue, camarade. Ne me dis pas que J.R. Bright n'avait pas pris la précaution de faire une copie de son tapuscrit ?...

Il se gratte le front.

– Aussi idiot que cela puisse paraître, il n'avait pas mis de carbone pour taper directement son roman à la machine, non. Et il n'a pas souhaité réécrire son roman. Je n'ai pas insisté, même si j'avais beaucoup apprécié *La figurine magique*. L'intrigue tournait autour d'une bande de jeunes savants œuvrant dans le domaine atomique, à Saclay, et détournant le programme sur lequel ils travaillaient pour voyager dans le temps afin de s'emparer d'une figurine censée contenir le secret de l'immortalité... Tous ces jeunes périssaient, l'un après l'autre, de mort violente, au fur et à mesure qu'ils réintégraient notre époque après avoir guerroyé aux côtés de Jeanne d'Arc et de Gilles de Rais.

Je fais la moue.

– Bright a eu raison de ne pas récidiver. On n'est jamais trop prudent quand on s'oppose à la raison d'État. Pardonne-moi ma franchise, Richard, mais qu'est-ce qui t'a pris d'éditer un ancien collabo ?

Le directeur d'Angoisse fronce le sourcil.

– Comment tu sais ça ?...

Petit claquement de langue.

– Un pote qui a ses entrées au ministère de l'Intérieur m'a fait savoir que ton J.R. Bright si encensé par la critique n'était autre que Pierre Dron, l'âme damnée du Maréchal. Je suis donc ici pour essayer de comprendre ce qui t'a amené à prendre dans ton écurie un vieux cheval de retour du pétainisme.

François Richard hausse les épaules.

– Le talent, rien d'autre... Dron était un auteur Gallimard, avant-guerre. C'est Paulhan qui l'a fait entrer à la NRF, pas moi. Depuis, bien sûr, ils sont fâchés tous les deux. Moi, je me suis contenté de ramasser la mise. Le pseudo J.R. Bright me convient... Il figure sur des couves qui tirent ma collection par le haut. Et rien dans le contenu des romans de Bright publiés sous le signe du château à tête de mort ne peut être assimilé à de la propagande en faveur du maréchal-nous-voilà !

– Explication cohérente, dis-je. En tout cas elle me suffit.

Il se détend.

– Parfait. Mais pourquoi avoir évoqué la raison d'État ?

– Parce que l'auteur du cambriolage qui t'a empêché de publier *La figurine magique* a été assassiné dans le cadre de la raison d'État... Pour écrire son roman jugé dangereux en haut lieu, Dron avait apparemment pompé dans des comptes-rendus d'enquêtes ultrasensibles qu'il n'avait pas à connaître.

ROGER FACON

CHAPITRE 4

Le samedi 12 mars, un peu avant minuit, après avoir passé la soirée chez des amis à jouer au bridge, je regagne mon domicile.

J'occupe, en célibataire endurci, un hôtel particulier sur l'île Saint-Louis, acquis en 1947. Je suis à deux mètres de la porte cochère quand on me ceinture et me plaque au sol.

Mon front heurte un pavé.

Je crie autant de surprise que de douleur.

Le type qui vient de m'agresser me fait pivoter et s'assoit sur ma poitrine. Je prends un uppercut au menton. Le type me lâche, étouffe un cri et va s'aplatir sur le trottoir. Tout ça se passe en une poignée de secondes.

– Ça va, monsieur Fage ?

Le colosse qui vient de me sauver la mise est mon principal collaborateur, Georges Colmant, il faisait tourner le cabinet de mon père avant que j'en prenne les rênes.

– Ça va Georges... Merci.

Je m'adosse à la porte cochère. Pour me rendre compte que mon agresseur, groggy, pisse le sang. Il a posé son genou droit à terre et se tient le coude gauche. Georges lui a collé le canon de son Walther P 38 sur la nuque.

*

Direction porte de Champerret.

René Colmant, le frère aîné de Georges, exploite, rue Catulle Mendès, une casse automobile, KassColmant SA. L'endroit est tranquille et très bien protégé.

Hauts murs hérissés de pointes métalliques. Lourdes portes en fer. Georges descend ouvrir et refermer ces portes. Puis il gare sa DS au fond d'une cour encombrée de carcasses de voitures, de motocyclettes, de camions, de caravanes entre lesquelles déambulent des dobermans qui viennent lui lécher les mains avant de se coucher à ses pieds.

Nous extrayons notre prisonnier du coffre de la DS et le traînons au fond de l'atelier de désossage. Nous le ficelons sur une chaise que nous coinçons entre deux grosses armoires métalliques avant que Georges ne se lance à la recherche d'un chalumeau.

– C'est contre-productif d'adopter une telle attitude, mon pote. Tu as joué, tu as perdu. C'est la vie...

Georges se plante devant mon agresseur tout en réglant la flamme du chalumeau qu'il a fini par trouver, glissé derrière des jerrycans.

– ... Il faut que tu te montres raisonnable.

– Je vous dirai rien...

– Bien sûr que si.

– Allez-vous faire foutre !

Georges se prend un crachat en pleine figure. Il s'essuie le nez et le menton d'un revers de sa main libre.

– Si tu veux mon avis, c'était la chose à ne pas faire...

Hurlement. L'avant-bras gauche de mon agresseur se couvre d'une vilaine cloque. Odeur de cochon grillé. La flamme du chalumeau s'attarde sur l'avant-bras droit. Nouvel hurlement.

– On fait une petite pause avant d'attaquer la bouche ou les yeux ?... A toi de choisir, moi ça m'est égal.

– C'est bon, arrêtez ! Je vais tout vous dire...

Ficelée sur sa chaise, notre prise de guerre tourne vers moi son front dégoulinant de sueur.

– ... Je suis videur au *Caprice*, place Blanche, monsieur Fage. J'avais quarante-huit heures pour vous filer une trempe devant votre domicile. Celui qui m'a dit, hier soir, que j'avais intérêt à faire fissa si je voulais conserver ma place de videur se fait appeler « Monsieur Charles », il fréquente comme moi le bar des *Trois Canards*, à Pigalle. Il a l'accent marseillais.

– C'est tout ? dis-je.

– C'est tout... Je sais rien d'autre, je vous jure !...

Silence. Pesant. Puis :

– ... Qu'est-ce que vous allez faire de moi ?

– On ne sait pas encore, dit Georges. Peut-être qu'on va te flinguer et te plonger dans un bain d'acide... Ou étaler de la pommade sur tes brûlures et te demander de travailler de temps en temps pour nous.

CHAPITRE 5

Au sortir de la casse automobile, Georges prend la direction du boulevard de la Somme.

On abandonne mon agresseur (trop content d'être devenu notre nouvel indic) à l'entrée de la rue Jean-Baptiste Dumas. Le temps de faire un coup de sécurité boulevard Pereire, Georges me laisse sa DS et rentre à pied chez lui, rue Laugier.

Je file chez Jacques Bromy en essayant de ne pas griller trop de feux rouges.

*

Jacques est seul chez lui. Mme Bromy et les enfants sont pour quelques jours dans leur château en Sologne. Le majordome m'escorte dans le grand escalier en marbre de Carrare qui mène au cabinet de travail du Maître de la Loge des Argonautes.

J'adore les boiseries sculptées du cabinet de travail, ses fenêtres à meneaux donnant sur la fontaine du Vert bois, collée au vieux mur d'enceinte de Philippe Auguste et à la tour de l'ancienne abbaye de Saint-Martin-des-Champs, à l'angle de la rue du Vert bois et de la rue Saint-Martin.

— Nous avions vu juste, se félicite Jacques après m'avoir écouté. Le directeur de collection du Fleuve Noir s'est ému de la petite visite que tu lui as rendue à ma demande et il a alerté au plus vite son auteur J.R. Bright, alias Pierre Dron...

— Et Dron s'est montré très réactif...

Mon hôte tire voluptueusement sur son cigare.

– Pierre Dron a sonné à une porte qui communique avec la pègre. Du côté de Pigalle et de la place Blanche. C'est un bon début... (Il sourit.) J'avais un peu anticipé sa réaction en demandant à ton bras droit de « sécuriser » tes déplacements sans t'alerter. J'ai bien fait.

Il se renverse dans son fauteuil à haut dossier sculpté, regarde le rond de fumée qu'il vient de libérer monter lentement vers le plafond à caissons.

– ... Je vais poursuivre sur ma lancée en demandant à notre camarade Jules Morice, qui rentre demain de Dakar, de placer Dron sous surveillance rapprochée pendant quelques jours, histoire de voir ce qu'il trafique.

Il se lève.

– Je compte sur toi pour reprendre l'enquête sur l'assassinat de Christian Soreau et celui de son beauf à zéro... D'après les cartes du Tarot de Marseille que j'ai eu la faiblesse de consulter, tu ne devrais pas le regretter.

CHAPITRE 6

Je quitte l'hôtel particulier des Bromy, muni du gros dossier que Jacques a extrait du coffre-fort dissimulé sous sa toile préférée, *La fin des haricots* de Courbet, moins connue que *L'origine du monde*, du même peintre, mais tout aussi sulfureuse.

De retour chez moi, je prends un bain brûlant. Puis je me sers un whisky. Mon mal de crâne s'étant estompé, je ne résiste pas à la tentation d'ouvrir le gros dossier ramené du Marais. Je sais qu'en faisant ça je me prive de sommeil. Tant pis.

Après avoir siroté mon whisky et rincé mon verre, je commence par le commencement. Le procès-verbal de saisine et de constatations établi le samedi 13 juin 1964 par les enquêteurs.

*

Il est aux environs de 23 heures, ce samedi-là. Christian Soreau rentre chez lui, rue de la corderie, dans le troisième arrondissement de Paris. Sa femme tient un bar à Pigalle, *Le Magnific*, elle ne ferme jamais son établissement avant trois heures du matin. Soreau est donc seul, rue de la corderie, quand il est abattu d'une balle de calibre 9 mm dans la tête. Son assassin l'attendait dans le couloir.

Soit l'assassin s'était introduit dans l'appartement de sa victime en utilisant un passe, soit il possédait un double des clés et il doit être rangé parmi les familiers de Soreau.

L'arme utilisée devait être munie d'un silencieux car les voisins n'ont rien entendu.

Même absence d'éléments significatifs du côté du beau-frère de Soreau, égorgé dans son pavillon de Suresnes — où il vivait seul depuis son divorce — au moment où, d'après les conclusions du médecin légiste, l'assassin de la rue de la corderie exécutait son « contrat » à l'aide d'une arme à feu.

CHAPITRE 7

Je vais mettre quarante-huit heures à retrouver Juliette Halbrar, sœur de l'égorgé de Suresnes et ex-épouse de Christian Soreau.

Remariée à un restaurateur lyonnais, Juliette Halbrar a tourné la page de sa première union. Elle attend un heureux événement pour le mois de juin.

Elle n'a aucune idée des raisons pour lesquelles son premier mari a été assassiné. L'enquête n'a pas abouti. Le juge chargé de l'instruction a délivré un non-lieu. Christian Soreau et Pierre Halbrar, le frère de Juliette, menaient une vie paisible, selon les policiers du quai des Orfèvres, ils n'avaient pas d'ennemis signalés.

*

Chantal Soreau — sœur cadette de Christian Soreau — est journaliste au *Monde.* J'essaye de la joindre au téléphone. Elle est en reportage au Havre.

Je parviens à la rencontrer à son retour. Le vendredi 18 mars, en milieu d'après-midi. Dans un bistrot proche de la gare du Nord. Attablée devant un jus de carotte, elle m'accueille avec le sourire.

— Vous êtes détective privé, comme dans les films noirs américains, monsieur Fage ?

— Oui...

— Sauf que vous ne vous baladez pas dans le Bronx mais plutôt du côté d'Asnières pour cause de maris jaloux et d'adultères... Je me trompe ou j'ai vu trop de films ?

— Je n'ai pas mis les pieds à Asnières depuis au moins deux ans, mademoiselle. Mais par contre, du côté d'Issy-les-Moulineaux, j'avoue que ça cocufie au-delà de ce qu'on peut imaginer. Et je ne suis pas persuadé que le cinéma y soit pour grand-chose.

Le serveur s'est approché. Je commande un café. Elle attend que le serveur se soit éloigné pour me demander :

— Vous travaillez pour qui ?

— Les détectives travaillent en général pour des clients...

Elle fait la moue.

— Et il fait quoi, dans la vie, ce client-là ?

— Des affaires... C'est un riche industriel que je connais depuis le lycée et en qui j'ai toute confiance. Il veut comprendre ce qui s'est passé...

Elle soupire.

— Vous êtes sincère ?

— Oui. Je suis prêt à vous le jurer sur la tête de tous les cocus d'Asnières qu'il m'est arrivé de croiser.

— Ça ne sera pas utile...

Elle boit une gorgée de jus de carotte.

— ... Dites à votre client que mon frère Christian travaillait en qualité de contractuel pour les services spéciaux français. Mais le SDECE l'a laissé tomber comme une vieille chaussette une quinzaine de jours avant son assassinat. Et mon père — un ancien de la DGER (*) — en est mort de chagrin. Alors, si votre client peut troubler d'une façon ou d'une autre la quiétude de ceux qui ont fait assassiner mon frère, dites-lui qu'il ne se gêne surtout pas !

(*) Services spéciaux français de l'après-guerre, ancêtres du SDECE et de la DGSE.

CHAPITRE 8

– Excellent, Roger...

Jacques Bromy pousse vers moi son coffret à cigares. J'ai sauté dans un taxi, gare du Nord, pour venir lui rendre compte de ma conversation avec la sœur de Soreau.

– ... Elle sait que son frangin et Halbrar appartenaient tous deux au SDECE, mais elle n'a, à aucun moment, évoqué le service 7 ?

Je prélève un cigare.

– Non. Jusqu'à ce que tu m'en parles, j'ignorais moi-même l'existence de ce service choc spécialisé dans l'ouverture illégale de sacs de courrier diplomatique, l'ouverture de coffres-forts, le crochetage de serrures, si j'ai bien compris, mais aussi les chantages, les enlèvements et séquestrations...

– Christian Soreau et son ex-beau-frère étaient membres du service 7 du SDECE depuis janvier 1960 pour le premier et juillet 1960 pour le second.

Je me penche sur la petite flamme bleutée de l'allumette qu'il vient de craquer.

– Jules ?

– Oui.

J'avale une longue goulée de fumée que je rejette par les narines. Notre frère Jules Morice, dit l'Africain, est un honorable correspondant des services extérieurs français. Il effectue des tâches ponctuelles en Afrique relevant de la raison d'État. C'est quelqu'un de bien informé.

Je résume :

– Donc, c'est pour le compte de ce service 7 que Christian Soreau a cambriolé les locaux du Fleuve Noir en janvier 1964 ?...

Jacques regarde l'allumette se consumer dans le cendrier avant d'avaler à son tour une longue goulée de fumée et de la restituer par la bouche et les narines en parlant.

– D'après Jules, Christian Soreau était venu récupérer le tapuscrit de Dron, *La figurine magique*, mais en faisant des heures sup'. Soreau agissait pour le compte d'un ou de plusieurs commanditaires qu'il nous reste à découvrir. Un ou plusieurs commanditaires pas nécessairement liés à un service étranger. Toutes les options sont ouvertes. Et c'est bien là le nœud du problème !

Je me mets à réfléchir à voix haute.

– Service étranger... Police parallèle... Copinage pour un ancien du 7 travaillant en « free-lance »... Sous-traitance en faveur d'un clan mafieux ou un type qui avait un contentieux avec Pierre Dron, on peut tout envisager, effectivement... Tout et son contraire.

– Surtout son contraire, ricane Jacques.

CHAPITRE 9

Chantal Soreau occupe un petit appartement à Montmartre, rue Lepic. Dans un immeuble qui abrite, m'a-t-elle dit, des peintres et des sculpteurs néerlandais. L'ambiance, certains soirs, y est très festive. Heureusement son appartement est insonorisé.

Je débarque en plein journal télévisé à en juger par la porte grande ouverte du voisin du dessous et la voix nasillarde de Léon Zitrone. J'ai un bouquet de fleurs à la main, bien visible, et une bouteille de bordeaux, côtes de bourg, au creux du dos.

– C'est votre façon d'exorciser vos insomnies ?

Elle a tardé à venir ouvrir. Elle se tient dans l'entrebâillement de la porte, en peignoir, les cheveux mouillés.

– Je vais vous expliquer si vous m'en laissez l'opportunité...

Silence. Interminable.

– Entrez, finit-elle par dire.

Je la suis dans la grande pièce de vie qui lui sert de bureau et de salon. Des livres partout. Des plantes vertes. Et un chat persan occupé à faire ses griffes sur un pouf africain.

– Colombey...

– Comment ?

– Mon chat s'appelle Colombey. Mon père me l'a offert le jour où le Général de Gaulle s'est installé à l'Élysée... Choisissez un fauteuil. Le temps de passer un pull et un jean et je reviens vers vous avec un vase.

Je tourne le dos à la fenêtre. Colombey s'installe sur mes genoux en ronronnant.

— Eh bien dites donc !

— Il n'a pas l'habitude de faire ça ?

— Oh que non ! Il est du genre sauvage...

Je la regarde mettre les fleurs dans un vase tout biscornu.

— Le tire-bouchon est dans le tiroir droit du buffet. Et les verres, avec un peu de jugeote, vous devriez très vite les trouver.

— A vos ordres...

Je me déplace avec Colombey juché sur l'épaule, ce qui la fait rire. Je trouve le tire-bouchon du premier coup et les verres en cherchant un peu. Je réussis un service à peu près correct en dépit des coups de patte, toutes griffes sorties, de mon colocataire occasionnel. On trinque et j'annonce la couleur.

— Je suis ici parce que j'ai du nouveau...

— J'imagine.

— Après vous avoir quittée, j'ai rencontré quelqu'un de bien informé qui m'a dit que votre frère Christian avait été assassiné parce qu'il avait effectué en janvier 1964 un cambriolage sur commande. Dans les locaux d'une maison d'édition. Votre frère appartenait au service 7 du SDECE, spécialisé dans les coups tordus, mais il n'agissait pas dans le cadre de ce service. Il opérait en « free-lance », c'est une certitude.

Elle hoche la tête en faisant tourner son verre entre ses doigts. Je poursuis :

— Que s'est-il passé entre janvier et juin 1964 pour que quelqu'un ait mis un « contrat » sur la tête de votre frère, exécuté la même nuit que le frère de son épouse ? Voilà ce que je suis chargé de découvrir... Et ce n'est pas simple, vous en conviendrez.

Elle pose son verre sans y avoir touché.

– Qu'attendez-vous de moi ?

– Pas mal de choses.

CHAPITRE 10

– Ça faisait partie des choses attendues ?...

– Non.

Je la regarde quitter la chambre, totalement nue. Revenir avec la bouteille largement entamée et nos deux verres. Perché sur la coiffeuse, Colombey continue de se lustrer le poil.

– On parle et on boit ensuite. D'accord ?

– D'accord...

Elle revient se glisser sous les draps.

– Ainsi tu n'as pas été payé pour enquêter sur la mort de mon frère ?

– Non, je fais ça gratuitement, navré de me répéter. Parce que celui qui m'a demandé d'enquêter sur le double assassinat que tu sais est un copain de lycée... Quelqu'un de bien.

Elle fronce le sourcil.

– Quelqu'un de bien, vraiment ?

– Oui. On a appartenu au même réseau de résistance. On a frôlé dix fois la mort ensemble... Je sais ce qu'il vaut. Il a toute ma confiance.

Elle soupire.

– Tu as de la chance. Moi je ne peux compter sur personne. Mon frère est mort. Mon père est mort.

– Désolé.

Je lui caresse la joue.

– Même si on ne se connaît que depuis peu, Chantal, je ne demande qu'à t'aider...

– C'est-à-dire ?

– Je pense qu'on doit se faire confiance si l'on veut avancer ensemble.

Elle se dresse sur un coude.

– Ça veut dire quoi avancer ensemble ?

– Essayer de comprendre ce qui est arrivé à ton frère.

Elle fait la grimace.

– C'est tout ?

– Pas forcément... On pourra aussi, chaque fois qu'on en aura envie, faire un petit tour en bateau mouche. Ou aller au cinéma... Ou dîner aux chandelles.

Elle pose la tête sur mon torse.

– Dîner aux chandelles, je trouve ça plutôt vieille France. J'aime bien.

*

On ne dîne pas aux chandelles. On avale un jambon-beurre et un yaourt aux fraises dans la cuisine avant de retourner dans la chambre finir la bouteille de côtes de bourg.

Chantal me demande de l'écouter. Je l'écoute.

Elle est née à Montmartre, il y a trente ans, rue des Abbesses, à deux pas de la rue Lepic. Enfance heureuse. Mère photographe de mode. Père agent immobilier. Adolescence sans problème. Bac philo, école de journalisme. Débuts à *France-Soir*. Passage au *Monde*.

En janvier 1962, Chantal s'installe à Londres. Elle y reste huit mois en qualité de correspondante du journal de la rue des Italiens. Retour à Paris pour intégrer le service politique. Elle renoue avec son frère Christian, son aîné de cinq ans. (Le frère et la sœur s'étaient brouillés peu après la mort de leur mère pour des raisons stupides comme cela arrive dans des tas de familles.) En juin 1964, Christian est assassiné à son domicile.

Officiellement, Christian Soreau et Pierre Halbrar étaient agents immobiliers chez Soreau SA, l'agence fondée par le marchand de biens et syndic de copropriétés Charles Soreau, père de Christian et de Chantal. En réalité, ils mettaient rarement les pieds à l'agence qui leur servait de couverture pour leurs activités d'agents contractuels du SDECE...

Voilà ce que Chantal Soreau apprendra de la bouche de son père en octobre 1964, peu avant l'hospitalisation de celui-ci à la Pitié-Salpêtrière pour cause de malaise cardiaque suivi dix jours plus tard de son décès.

CHAPITRE 11

23 h 30. La bouteille de côtes de bourg est vide.

— Ouvre grand tes oreilles, me conseille Chantal. Il me reste à aborder l'aspect le plus délicat du dossier...

Je lui caresse la nuque. J'apprends qu'en décembre 1965, un mardi, alors que Chantal se recueille sur la tombe de son père, au cimetière du Père-Lachaise, un homme s'approche d'elle. L'inconnu a la soixantaine largement entamée. Visage buriné. Épaisse et longue chevelure blanche. Manteau de velours marron. Écharpe rouge. Feutre à larges bords. Voix rauque.

« — Je n'ai que quelques minutes à vous accorder, mademoiselle Soreau, annonce-t-il. Je suis ici avec l'accord de votre père exprimé de son vivant... Il est possible que je vous contacte de nouveau si la situation le nécessite. Faites très attention à vous, votre téléphone a été placé sur écoute et on ouvre votre courrier. Je vais vous remettre une enveloppe avant de vous quitter. Bien entendu, ne commettez pas l'erreur de chercher à me suivre au moment où je m'éloignerai de ce cimetière... Quant au contenu de l'enveloppe, mettez-le en lieu sûr. Vous risquez d'être perquisitionnée ou cambriolée dans les semaines qui viennent si l'on se rend compte que vous enquêtez sur la clinique du docteur Stienne, rue de l'Abreuvoir, dans le quartier des Grandes-Carrières... Stienne a travaillé pour les Allemands pendant la guerre. Il était dans le collimateur de votre père et en cheville avec Lydie Basténi, la femme qui a fait tomber Jean Moulin. »

*

J'accompagne Chantal, à sa demande, à une heure du matin, rue des Italiens. Sa Simca 1000 étant en révision, on prend ma voiture. Je ramène ensuite Chantal chez elle avant de regagner l'île Saint-Louis.

De retour au bercail, je me fais un café bien serré.

J'ai au moins une certitude. Il n'y a pas de hasard dans ce que je suis en train de vivre... Pas l'ombre d'un hasard.

J'étale sur mon sofa le contenu de l'enveloppe Kraft remise par l'inconnu du Père-Lachaise à celle qui m'a ouvert cette nuit son lit et son bureau au *Monde* où elle avait planqué l'enveloppe. Il s'agit de deux feuillets manuscrits couverts de noms et d'adresses. Et quatre clichés photographiques... Trois hommes, une femme. Pris en extérieur au téléobjectif.

Je bois mon café à petites gorgées en essayant de repérer dans les noms et adresses couvrant les feuillets des personnes ou des lieux qui me seraient familiers.

*

En milieu de matinée, je débarque, muni de l'enveloppe Kraft et son contenu, avenue de Friedland, dans l'antre directorial de Jules Morice, dit l'Africain.

Le maître des lieux, négligemment vautré sur son « bureau-mégalo-en-pire » orné de feuilles d'acanthes rehaussées à la feuille d'or 24 carats et incrustées de pierreries, est en train de disserter sur le Gabon avec Jacques Bromy.

— Assieds-toi, mon petit Roger.

Je cale mes augustes fesses dans le fauteuil que l'Africain me désigne.

— Il paraît que l'heure est grave, frérot. Alors vas-y, on t'écoute...

La situation n'est pas facile à résumer. Je la résume du mieux que je peux, sans donner trop de détails sur mon incursion rue Lepic. Quand j'aborde l'épisode de la remise de l'enveloppe au Père-Lachaise et prononce le nom de la femme qui a fait tomber Jean Moulin, l'atmosphère devient brusquement pesante.

On se retrouve transportés à Auteuil.

En janvier 1943.

Un soir où la neige tombait dru.

1943

CHAPITRE 12

Je suis tombé amoureux de Lydie Basténi dès son apparition dans le salon bleu de la baronne de Frémiaux, elle était en tailleur gris perle, sa longue chevelure brune rehaussée d'un diadème, ses yeux immenses soulignés de khôl, superbe, sublime même, avec juste ce qu'il fallait de venin dans l'iris...

La baronne de Frémiaux était au piano.

Nous venions dans cette villa d'Auteuil depuis le printemps 1942. C'est Jacques Bromy qui nous avait introduits chez les Frémiaux. Le baron était le parrain de Jacques et la baronne avait des dons médiumniques certains. Toutes les séances d'invocation de fantômes — le hobby de la baronne — s'ouvraient par une improvisation de l'hôtesse des lieux au piano, un Gaveau 1922 en palissandre.

Jusqu'à l'irruption de Lydie, ces apparitions fantomatiques dans le salon bleu n'avaient rien de spectaculaire. Des formes évanescentes, éthérées, vaguement humaines... Précédées d'un froid plus ou moins ressenti. Un froid suggéré par l'inconscient de la baronne de Frémiaux.

Avec Lydie ce fut tout autre chose !

Comme si, après le récital de la baronne, le temps se suspendait en présence de Lydie. Comme si nous entrions dans l'éternité. Une éternité que nous pressentions terrifiante.

En tournant la tête vers Jacques Bromy, je vis qu'il était en train de serrer les poings. Quant à Jules Morice, il claquait des dents.

– Restez passifs, disait Lydie Basténi. Ne cherchez surtout pas à interférer et tout se passera bien. Il arrive...

Chevelure grisâtre.

Barbe grisâtre.

Visage charbonneux. Regard éteint.

– Le voilà. Gardez le silence. Surtout ne dites rien...

Épaules affaissées. Torse frêle sous le linceul, jambes maigrelettes.

– ... Il a besoin de vous pour se densifier. Il « pompe » votre énergie. Ne lui résistez pas, surtout ne lui résistez pas... Restez passifs.

Notre fantôme flottait — à deux bons mètres du sol marqueté — à la verticale du piano Gaveau, tournant le dos à la cheminée de pierre où flambaient des bûches.

Le fantôme de François Prelati.

Aventurier de la pire espèce.

Mage noir, empoisonneur.

CHAPITRE 13

Mon père m'avait prêté sa Salmson S4 E pour venir chez les Frémiaux. Je ramenai Lydie Basténi chez elle aux environs de minuit. Ma jeune passagère disait vivre chez ses parents, avenue de La Motte-Picquet, mais c'était loin d'être exact, j'allais le découvrir grâce à Georges.

J'eus droit à un numéro de charme de la part de Lydie tout au long du trajet. A un long baiser passionné avant qu'elle ne prenne congé de moi. A une promesse de rendez-vous deux fois reportée. A un téléphone sonnant dans le vide.

Je chargeai Georges — qui venait de quitter le mythique 36 Quai des Orfèvres pour intégrer l'agence de police privée de mon père — de fouiner du côté de La Motte-Picquet. Georges acheta deux escalopes et une paire de bas au marché noir. La concierge de l'immeuble où vivait la famille Basténi accepta les bas et escalopes avant de dire tout le mal qu'elle pensait de mademoiselle Lydie, une fille ingrate qui en faisait voir des vertes et des pas mûres à sa mère depuis sa sortie du pensionnat. Son père, directeur commercial d'une entreprise américaine, était la bonté incarnée, toujours souriant, toujours généreux lors des étrennes. Cette fille ingrate partageait son temps entre Lyon et Paris, elle vivait place des Vosges avec un homme d'affaires qui avait l'âge d'être son père et fréquentait les cercles de jeux. Elle descendait de grosses limousines aux chromes rutilants lorsqu'elle venait rendre visite à ses parents.

Georges découvrit, fin février 1943, que Lydie Basténi était en cheville avec l'équipe de la rue Greffulhe, dirigée par Jean Marquès-Rivière. Un service de recherches et de renseignement basé à Paris, rattaché au Service des sociétés secrètes de Vichy.

*

Fasciné par le bouddhisme tibétain, la théosophie et la franc-maçonnerie, Jean Marquès-Rivière avait adhéré au milieu des années 1920 à la Grande Loge de France pour la quitter avec fracas en 1931 et se tourner vers le fascisme. Spécialiste du yoga tantrique, il avait publié plusieurs ouvrages faisant autorité sur le Tibet, les doctrines ésotériques et la science des talismans. Dès les débuts de l'Occupation, il s'était investi dans la propagande antimaçonnique et antisémite.

On lui devait le scénario de *Forces Occultes*, un film infâme projeté depuis mars 1943 sur les écrans... Une attaque ignoble contre les francs-maçons et les Juifs. Un dégueulis de pellicule tourné par son ami Paul Riche, membre, comme lui, du PPF (*) de Doriot.

J'avais vu ce film diffusé à Paris et en province. Mon père avait même assisté à sa présentation au tout-Paris collaborationniste le 9 mars en séance privée sur les Champs-Élysées, mon père était alors en pleine phase de noyautage des brigades spéciales des RG parisiens sur ordre de Londres.

(*) Parti populaire français.

CHAPITRE 14

Début avril 1943, Georges Colmant prit d'énormes risques en collant au train de Marquès-Rivière, plusieurs soirs d'affilée, au sortir de la rue Greffulhe.

Heureusement, Jacques Bromy avait plus d'un tour dans son sac, il nous offrit un renfort inattendu en la personne d'un type en lequel il avait toute confiance, un sculpteur vivant à Montmartre... Un certain Marcel Anad, anarchiste de son état. Un Ch'ti.

Marcel Anad était en cheville avec des types qui travaillaient pour l'appareil clandestin du Parti communiste au milieu des années trente et avaient pris leurs distances avec les cocos pour cause de pacte germano-soviétique. C'est Jacques qui m'annonça la chose un soir, dans un bistrot des Halles.

— Demande à Georges de plier ses gaules, insista-t-il. Marcel Anad et ses camarades vont assurer à notre place la surveillance de la rue Greffulhe et le traitement du « dossier Lydie » ... Ils vont de ce fait nous dispenser d'une putain de corvée !

Je fis la grimace.

— J'aurais aimé m'occuper personnellement de Lydie...

— Je sais. Mais tu ne maîtrises pas plus que moi la situation et le calendrier, Roger. Le sculpteur est sur le dos de Marquès-Rivière et de ses sbires depuis un bail, il a ses entrées auprès du vieux trafiquant de ferraille qui possède une fonderie à Suresnes et avec lequel Lydie est en ménage, place des Vosges...

Je bus une gorgée de bière.

— ... Le sculpteur passe par la fonderie de Suresnes quand il a besoin de bronze pour ses œuvres. Il connaît Lydie par ricochet, si je puis dire. La môme n'a que vingt et un ans, je te signale. Elle n'est entrée dans la vie du vieux salopard que depuis cinq mois...

Je continuai de garder le silence.

— ... Notre vieux salopard en train d'amasser une fortune colossale grâce au marché noir n'est pas le seul à bénéficier des faveurs de Lydie. La môme a du tempérament. Elle couche avec un type de l'Abwehr, basé à l'hôtel Lutetia, qui trempe dans les combines du vieux et elle se rend parfois avec lui à Lyon.

CHAPITRE 15

J'accompagnai Jacques dans la capitale des Gaules, début mai. Jacques se demandait depuis des mois s'il n'était pas judicieux de nous rattacher au réseau Marco Polo. Le cœur de ce réseau — la Centrale — était installé dans une école pour jeunes aveugles de Villeurbanne. Deux postes émetteurs assuraient les liaisons avec Londres.

Marco Polo était pleinement opérationnel, ses ramifications s'étendaient à toute l'Europe occidentale. Il comportait une section scientifique abritée dans le quartier de la Croix-Rousse, spécialisée dans la fabrication d'émetteurs radios, de bombes incendiaires, de silencieux, de faux papiers. L'un des responsables de la section scientifique était un ami du père de Jacques, il avait pour pseudo « Jérôme Cardan ».

Nous ne restâmes que trois jours à Lyon.

A notre retour à Paris, le sculpteur Marcel Anad nous apprit que Lydie Basténi et son amant de l'Abwehr rendaient de petits services à la section 6 du SD lyonnais, section qui avait en charge la répression des crimes et délits politiques.

– La section 6 est placée sous l'autorité d'un sous-officier, adjoint du capitaine Klaus Barbie, une ordure de première surnommée « le boucher ». Elle dispose d'un bureau français de renseignement installé à la perception de la rue Paul-Lintier, précisa Anad. Ce bureau supervise le service de renseignement du PPF, camouflé en Société de métaux non ferreux...

Difficile de ne pas percuter.

A Paris, Lydie partageait le lit d'un trafiquant de métaux, également membre du PPF.

Il y avait fort à parier que le vieux beau de la place des Vosges traficotait du renseignement avec la même habileté que pour voler du bronze et utilisait les talents de la jeune Lydie afin de renforcer sa position au sein de la mouvance collaborationniste.

*

Le 21 juin 1943, Jean Moulin, chef du Conseil National de la Résistance, était arrêté par Klaus Barbie à Caluire, dans la banlieue de Lyon, avec d'autres résistants.

Marcel Anad nous livra dans la foulée une version qu'il tenait d'un de ses informateurs de la Gestapo de la rue Lauriston ayant travaillé à la section 6 du SD lyonnais avant de se faire débaucher par « Monsieur Henri », le patron de la rue Lauriston. Ce « Lyonnais » avait conservé des liens avec l'adjoint de Klaus Barbie. Pour lui, Jean Moulin avait été trahi par un chef de la Résistance, un certain « Didot », tombé entre les griffes de Lydie Basténi. Agissant selon toute évidence sur ordre de son amant adjoint du boucher de Lyon, Lydie avait séduit ce chef de la Résistance —, elle l'avait mis dans son lit et poussé à trahir Jean Moulin.

Puis elle avait accompagné « Didot » dans sa cavale.

*

En octobre 1943, « Jérôme Cardan » participa à l'évasion de Raymond Aubrac, arrêté à Caluire en même temps que Jean Moulin. « Cardan » faisait partie du commando ayant attaqué la voiture de la Gestapo chargé d'amener Aubrac au peloton d'exécution. Le mois suivant, c'était au tour de « Cardan » d'être arrêté par la Gestapo et emprisonné au fort de Montluc où il se vit infliger les pires tortures.

Marcel Anad nous conseilla de quitter Paris. La Gestapo française de la rue Lauriston s'intéressait à nos activités.

On suivit les conseils d'Anad, on quitta Paris pour trouver refuge dans les Ardennes.

*

Grâce à la tonne d'or arrachée aux SS, en mars 1944, en pleine forêt, on devint riches, prodigieusement riches.

1950

CHAPITRE 16

En mai 1950, je n'assistai pas au procès de « Didot », l'homme qui avait trahi Jean Moulin et rendu possible les arrestations de Caluire.

Je me contentai de lire les journaux parisiens. Lydie Basténi était à la manœuvre lors des audiences, elle enchaînait à la barre les contre-vérités les plus grossières et son ex-amant « Didot » fut acquitté par la justice française.

Un mois après l'acquittement de l'ancien dirigeant de Résistance-Fer, Jacques Bromy m'apprit, lors d'un déjeuner à Montparnasse, que Lydie Basténi, après avoir largué son vieux ferrailleur, avait rompu complètement les ponts avec « Didot ».

– Elle vit désormais avec un riche industriel proche de Moscou, figure-toi.

Je ne parvins pas à masquer mon étonnement.

– Tu es sûr de ce que tu avances ?

On venait de commander les desserts.

– Oh ! que oui !... Le gus se nomme Samuel Osgu, dit « Sam », il est né à Wilno en 1895. Les Osgu ont été liées aux tsars sur plusieurs générations. Sans eux, le mage Raspoutine n'aurait pu faire la carrière que tu sais... On pratique la divination de père en fils chez les Osgu et on brasse des sommes colossales. « Sam » a installé Lydie dans une somptueuse villa à Saint-Germain-en-Laye et lui a offert une voiture décapotable. Elle partage donc son temps entre Saint-Germain-en-Laye et la Côte d'Azur où « Sam » possède plusieurs villas...

J'appris dans la foulée que Samuel Osgu avait créé et fait prospérer la Transcontinentale de pelleterie, une société d'import-export de fourrures très florissante. Devenu le plus gros importateur européen de fourrure, lesquelles venaient pour l'essentiel des pays de l'Est, via Leipzig, « Sam » avait également la réputation de prêter de l'argent à des taux usuraires. Il entretenait des relations très étroites avec le directeur de la Banque commerciale de l'Europe du Nord, banque soviétique connue pour financer le PCF.

Au sortir du restaurant de Montparnasse, nous prîmes la direction de Montmartre. Jacques Bromy venait d'y racheter un cabaret, *Le Monocle*, où se produisait Miss Clash, une chanteuse de variétés devenue la coqueluche de la bohème montmartroise.

Miss Clash était l'épouse de Valentin Bresle, un éditeur spécialisé dans l'occultisme.

CHAPITRE 17

Je me liai très vite d'amitié avec Miss Clash et son mari.

Ces amoureux de la Butte vivaient place du Tertre. Douze chats partageaient leur intimité. « Les apôtres », disait Valentin Bresle, surnommé « Le Grand Chêne des Flandres ». Directeur de la revue *Le Mercure Universel*, Valentin était né à Lille en juin 1892. Poète symboliste, ami d'André Breton et d'une poignée de surréalistes, il ne tarissait pas d'éloges envers Marcel Anad.

Je connaissais peu Anad. J'avais une seule fois franchi la porte de son atelier montmartrois, en janvier 1946. Il faisait un froid glacial. Un minuscule feu à bois peinait à rougeoyer dans un coin de l'atelier encombré de sacs de plâtre et de terre glaise. J'étais venu voir le sculpteur sur les conseils de Jacques Bromy. Je n'allais pas regretter notre longue conversation. Ni les chopes de bière ambrée que ce Ch'ti brassait lui-même entre deux sculptures. Nous les avions dégustées assis sur des tabourets, près du feu chichement ravitaillé en bûchettes.

Marcel Anad regorgeait d'anecdotes sur Lydie Basténi.

Et pour cause !

Il lui avait collé aux basques tout au long de l'année 1943. Lui et ses équipes... Car le sculpteur ne travaillait pas seul, loin s'en faut. Il disposait de baroudeurs d'exception. Des anciens de la section d'org, l'appareil clandestin du PCF. Capables de filocher n'importe qui en France comme à l'étranger. Des durs de durs qui avaient fait du bon boulot.

Lydie, à l'époque, ne rendait pas des services qu'à l'Abwehr et la Gestapo, elle était en cheville avec Marquès-Rivière et son équipe de la rue Greffuhle, traqueurs de francs-maçons.

Marquès-Rivière se livrait à la magie noire. Son entourage racontait que des démons lui apparaissaient lors de ses rituels... L'un d'eux aurait réussi à s'introduire en lui, à sucer son âme. Du moins Marquès-Rivière en était-il persuadé. Il s'était confié à Lydie Basténi qui l'aidait à profiler les membres des sociétés secrètes supérieures, objet des obsessions du maréchal Pétain.

Lydie se rendait souvent de nuit au domicile de Marquès-Rivière pour se livrer — en compagnie de l'intéressé — à des rites magiques susceptibles de délivrer l'ennemi juré des francs-maçons de l'emprise de son démon tibétain. Il faut croire que ce n'était pas du chiqué car, en mars 1943, Marquès-Rivière s'estima guéri.

Mais Lydie n'en cessa pas pour autant ses petites visites nocturnes.

Elle poursuivait un nouvel objectif. Aider le « monsieur sociétés secrètes » du maréchal Pétain à mettre la main sur un trésor... Enfin, ce qu'il en restait.

CHAPITRE 18

Opération Alger...

Fin mai 1944, Lydie Basténi et son amant « Didot » quittèrent leur planque de la rue Bosquet (chez une comtesse) pour se rendre en Algérie via l'Espagne et le Maroc. « Didot » devait occuper à Alger un rôle important auprès du chef du mouvement de résistance Combat.

Lydie savait ce qu'elle faisait, en mai 1944. Les carottes étaient cuites pour Marquès-Rivière et ses guignols de la rue Greffulhe. La fin du Reich était proche...

Lydie, en bonne agent triple, avait assuré ses arrières. Les têtes pensantes du mouvement Combat sauraient lui venir en aide si jamais le besoin s'en faisait sentir. Marquès-Rivière, lui, n'avait d'autre choix que de filer en Espagne et de s'y terrer pendant une éternité (*).

La libération de Paris écourta le séjour algérien du couple.

Fin août, « Didot » regagna le territoire français.

Lydie Basténi resta seule à Alger jusqu'en octobre.

____

(*) Jean-Marquès Rivière fut condamné, par contumace, à la peine de mort (en 1947 et 1949) et à la dégradation nationale (1949). Réfugié en Espagne, il occupa une chaire d'orientaliste à Madrid. Il mourut dans son lit à Lyon en 2000.

Avant de recevoir un ordre de mission du Général de Gaulle pour « ses faits de résistance » (*sic*) et « remplir ses fonctions auprès du gouvernement » !

*

A Alger — d'août à octobre 1944 —, Lydie Basténi avait surtout réalisé, d'après Marcel Anad, une campagne de fouilles archéologiques sauvages dans certaines caves de la vieille ville, la Casbah.

CHAPITRE 19

Toujours selon Anad, pour vaincre le démon qui squattait l'enveloppe corporelle de Jean Marquès-Rivière, Lydie Basténi avait utilisé l'hypnose, discipline dans laquelle elle excellait depuis sa sortie du pensionnat.

De régression psychique en régression psychique, elle avait « accroché » une incarnation intéressante.

Elle avait débusqué Marquès-Rivière en journaliste au moment de la révolution de Juillet.

Marquès-Rivière sous hypnose disait s'être incarné à Marseille, à la fin du XVIIIᵉ siècle.

Plongé dans les profondeurs de sa psyché, l'auteur de *Dangers des plans magiques* (Bibliothèque Chacornac, Paris, 1931) confiait à celle qui l'interrogeait et multipliait les passes magnétiques à la verticale de sa glande pinéale se nommer Paul Loiseau pour l'état-civil phocéen. Il précisait s'être incarné dans une famille d'armateurs. Grâce à l'héritage de sa mère, liée à la maison Seillière, il avait créé un journal, *Le Nouveau Marseillais*.

En février 1830, Paul Loiseau avait eu le privilège d'embarquer à bord d'un navire familial, cinglant vers Alger, *l'Orgueilleux*, afin de couvrir, pour son journal, les temps forts de l'expédition commandée par le général de Bourmont et l'amiral Duperré.

Depuis la fin de l'Empire, les marseillais Seillière étaient banquiers, manufacturiers et négociants. François-Alexandre Seillière avait acheté à Paris un superbe hôtel particulier, rue de Provence, prolongé par une maison et un autre corps de bâtiment donnant sur la rue Chantereine. François-Alexandre avait pour bras droit un jeune Lorrain de vingt-sept ans, Adolphe Schneider.

357 petits bateaux avaient été nolisés par la maison Seillière, auxquels s'ajoutaient 103 bâtiments du Roi, 104 bateaux de débarquement des troupes, 55 chalands spécialement affectés au débarquement des troupes et de l'artillerie, 30 bateaux plats ou radeaux, également pour le débarquement.

*

Dans la nuit du 3 au 4 juillet 1830, les batteries commencèrent à tirer sur le fort de l'Empereur qui surplombait la ville d'Alger et protégeait la citadelle de la Casbah, la résidence du dey où se trouvait le Trésor de la Régence.

Le 5 juillet, le Trésor de la Régence placé sous la garde du dey d'Alger tombait aux mains des Français.

Des montagnes de pierres précieuses, de bijoux, de lingots d'or, de pièces d'or, de lingots d'argent furent saisies par les officiers de Bourmont.

Une fortune colossale quitta Alger dans des sacs de toiles, des caisses, des barils.

*

Marcel Anad, fin 1945, malgré la pagaille qui régnait dans les archives des ministères, archives de la marine comprises, découvrit que le premier envoi d'or et d'argent de l'opération Alger vers la France remontait au 14 juillet 1830.

Bateau concerné, le *Marengo*, vaisseau de la Marine royale.

Envoi constitué de 206 sacs de toile grise remplis d'argent, 57 saumons (*) d'argent, pour un poids total de 4 tonnes 673 kilos ; un lingot d'or de 44 kilos, 20 caisses de 120 kilos d'or chacune, 22 caisses de 60 kilos d'or chacune et 6 barils renfermant chacun 2000 quadruples d'Espagne ou du Portugal.

(*) Masse de métal à la sortie du moule de fonderie.

CHAPITRE 20

L'Orgueilleux prit la mer le 16 juillet 1830.

Il devait accoster à Toulon le 28 juillet...
Il n'arriva jamais à destination.

Sa cargaison composée de 24 caisses et de 14 barils avait été mise à fond de cale par l'équipage du brick, sous la supervision de Paul Loiseau et du général Alphonse Henri d'Hautpoul, futur ministre de la Guerre et gouverneur général d'Algérie.

Le capitaine du brick fut découvert, ligoté et bâillonné, dans une ruelle d'Alger, le 17 juillet à l'aube. L'équipage du brick ne donna plus signe de vie.

Paul Loiseau ne revint jamais à Marseille. Il vécut à Londres et à Paris sous des identités d'emprunt, menant la belle vie. Il s'éteignit à Madrid en 1861.

Tels furent les éléments recueillis par Lydie Basténi durant les séances d'hypnose de juin-juillet 1943 sans que Marquès-Rivière s'en souvînt à chaque fin de séance.

Il ne sut de « l'incarnation Loiseau » que ce que son interrogatrice voulut bien lui rapporter.

*

En août 1943, Jean Marquès-Rivière cessa ses séances d'hypnose avec Lydie Basténi. Nourrissait-il des doutes quant à la loyauté de celle qui avait mené le bal des questions et réglé le menuet des réponses ?...

Le chef du SR de la rue Greffulhe eut recours à une batterie de médiums pour tenter de retrouver la trace du « trésor de *l'Orgueilleux* ».

Mais Lydie avait quelques longueurs d'avance sur eux. Elle parvint, d'après Marcel Anad, à mettre la main, dans une cave parisienne, sur six lingots d'or et un collier de rubis en provenance d'Alger... Et — en septembre 1944 — sur six autres lingots d'or dans une cave de la Casbah.

Ces douze lingots furent refondus et écoulés à Anvers avec le collier de rubis en décembre 1945 par Samuel Osgu.

CHAPITRE 21

J'appris avec stupeur, en janvier 1947, la disparition de Marcel Anad.

Pour Valentin Bresle, l'état de langueur qui avait saisi Anad trois semaines avant sa mort portait la marque de la magie noire.

Le sculpteur était depuis de longs mois dans le collimateur des « sorciers de Saint-Merry ». Ces agents de la contre-initiation avaient pour point d'attache une librairie qui était aussi le siège de la maison d'édition Orion, dirigée par le docteur Hourié, pharmacologue renommé, spécialiste du chamanisme mexicain.

Hourié, que d'aucuns avaient surnommé « le pape noir », entretenait avant-guerre des relations étroites avec Marquès-Rivière.

Ceci expliquait-il cela ?

Marquès-Rivière, réfugié en Espagne, poursuivait-il ses recherches sur le trésor de *l'Orgueilleux* ?

Considérait-il Marcel Anad comme un obstacle qu'il fallait à tout prix écarter ?

Avait-il renoué contact avec Lydie Basténi et le pape noir de Saint-Merry ?

En mars 1947, Jacques Bromy recueillit des informations intéressantes quant aux agissements de Lydie Basténi. L'ancienne maîtresse de « Didot » continuait de pratiquer l'hypnose et la divination. Elle officiait dans certaines villas de Passy et de Suresnes.

A Passy, elle animait de curieuses « veillées » ...

Elle magnétisait les attributs virils arrachés de leur vivant à de jeunes moines hindous. Attributs acheminés en France, dans des caissons réfrigérés, par bateaux, pour servir d'*attaches* lors de cérémonies magiques. A l'issue de ces séances de magnétisme, les attaches en question étaient glissées dans de petits cercueils en plomb veillés, quarante jours et quarante nuits durant, par des « vestales noires » dévouées tout entières au docteur Hourié.

Jacques Bromy eut l'excellente idée de passer au peigne fin l'atelier du sculpteur Marcel Anad avant que sa veuve n'en résiliât le bail.

Ce qu'il pressentait s'était bel et bien produit...

Un petit cercueil en plomb avait été enfoui dans la partie ouest de l'atelier au sol de terre battue. Ce petit cercueil et son horrible contenu furent jetés au feu par Valentin Bresle avant de finir, magma filamenteux, dans une benne à ordures.

CHAPITRE 22

J'eus de longues conversations avec Valentin Bresle et Jacques Bromy dans les jours qui suivirent la découverte du petit cercueil en plomb dans l'atelier du sculpteur Anad.

Anad était alchimiste, il suivait la *voie du verre*, une voie peu connue. C'était son grand-père maternel, un certain Léon Patin, qui l'avait initié à cette voie. Le sieur Patin, décédé en 1941, avait réalisé son premier miroir alchimique, à partir de ce qu'il appelait « une coulée d'étoiles », en 1901... A l'aide de ce miroir, il se livrait à la divination. D'après Valentin Bresle, Patin avait aussi participé à la résurgence templière de 1908 conduite par René Guénon. Il s'était occupé du cercle intérieur de l'Ordre du Temple Rénové, tout en se lançant à la recherche d'une épée reflétée par son miroir alchimique. En 1911, les Maîtres gardiens de la Tradition avaient mis un terme à l'existence de l'OTR. Trois ans plus tard, Louise Patin, fille cadette de Léon, participait à Douai à des séances de spiritisme organisées par des membres et sympathisants de la Société Alchimique de France. Il était question d'une épée lors de ces séances. Une épée ramenée d'Angleterre, à la veille de la fondation de l'Ordre du Temple, par les moines bénédictins d'Anchin, à deux lieues de Douai... En plein Moyen Âge donc.

Pour Valentin Bresle, cette épée venue d'Angleterre faisait le lien entre la fondation de l'Ordre du Temple (en 1118) et la résurgence OTR de 1908.

790 ans séparaient les deux événements. 7 comme les sept stades de transformation de l'Œuvre alchimique. 9 comme les neuf chœurs angéliques et les neuf fondateurs du Temple. 10 comme les dix rois d'Edom.

L'épée liée à l'épopée templière avait été recherchée par Léon Patin dès 1901. L'intéressé, tenant compte des indications recueillies lors de ses contacts avec des « entités », s'était rendu, selon sa fille Louise, en différents endroits de l'Hexagone où cette épée pouvait avoir été dissimulée.

Gisors, dans le Vexin normand, et Rennes-le-Château, dans l'Aude, appartenaient à la petite liste dressée par Patin.

Cerise sur le gâteau, ces deux localités étaient susceptibles d'abriter un trésor dont l'existence avait été révélée au printemps 1914 — c'est-à-dire près de **trente ans avant** les séances d'hypnose de Lydie Basténi et Marquès-Rivière — par un esprit se faisant appeler « le diplomate » au cours de séances médiumniques auxquelles assistait la fille de Léon Patin.

Un trésor qui n'était autre que celui d'Alger.

Marcel Anad prit la succession de son grand-père dans la recherche de l'épée consubstantielle à l'histoire du Temple et la recherche du trésor d'Alger.

Il se concentra sur Gisors.

Il y opéra des fouilles sauvages à partir du printemps 1942.

CHAPITRE 23

Valentin Bresle eut le privilège — en 1942 et 1943 — d'accompagner Marcel Anad à cinq ou six reprises dans le Vexin normand. Anad disait obéir à des impulsions.

Se jouant des patrouilles allemandes, forts de leurs faux Ausweis, Bresle et Anad — à défaut d'exhumer la fameuse épée — découvrirent des centaines de pièces d'or. Les monogrammes royaux qui les ornaient montraient que ces pièces d'or avaient été mises en circulation sous Charles le Chauve et Philippe Auguste.

A Gisors, à partir d'une cave de la rue de Vienne, Anad et Bresle purent accéder, à six mètres de profondeur, à un carrefour de souterrains voûtés en plein cintre, suffisamment larges pour permettre le passage de chevaux attelés et se prolongeant en galeries hélas effondrées à la suite des bombardements de 1940. Munis de barres à mine, ils parvinrent à ouvrir deux sarcophages de pierre, vierges d'ossements, et les délester des bijoux qu'ils recelaient. Des bracelets en or sertis d'émeraudes et de rubis.

Ces bijoux furent remis par Anad au vieil homme aux longs cheveux blancs qui leur avait permis d'accéder à la cave de la rue de Vienne et au dédale de souterrains voûtés. Un vieil homme que le sculpteur montmartrois rencontrait parfois aux abords de

Notre-Dame de Paris ou de Saint-Sulpice et à propos duquel Valentin Bresle disait ne pas savoir grand-chose sinon ce que lui en avait dit le petit-fils de Léon Patin.

Ce mystérieux vieil homme aux longs cheveux blancs sévissait déjà, selon Anad, dans les années 1933-1935, aux abords de Notre-Dame et de l'Hôtel de Cluny...

C'est lui qui avait poussé Léo Larguier à écrire son *Faiseur d'or Nicolas Flamel*.

J'avais lu le roman de Larguier à la Noël 1936, peu après sa parution aux Éditions nationales, dans la collection l'Histoire inconnue. J'avais adoré ce bouquin. Je me souvenais parfaitement de l'avant-propos mentionnant le bonhomme de Cluny... Ce dernier s'était invité dans la vie du romancier de manière impromptue. Comme Lydie Basténi dans la mienne, mais de façon positive pour ce qui était du bonhomme. Il avait abordé Larguier assis sur un banc en lui disant qu'il avait passé une existence qui était à son déclin en compagnie de Nicolas Flamel, au fond du XIVe siècle...

Vue de l'esprit ou réalité ?

Si ce n'était pas une vue de l'esprit, le bonhomme avait connu Flamel.

Le bonhomme était devenu immortel comme Flamel.

Et — comme Flamel — il revenait de temps à autre à Paris.

La rencontre du bonhomme de Cluny avec Larguier s'était déroulée un soir du printemps 1935.

Notre bonhomme avait confié au romancier qu'il occupait depuis **quarante ans** une chambre donnant sur Notre-Dame. 1935 moins 40, cela donnait 1895.

Je ne pouvais m'empêcher de faire le rapprochement avec une confidence d'Anad à propos de son grand-père Léon Patin, à savoir que le sieur Patin avait été initié à l'alchimie dans les années 1893-1894-**1895** à Bruxelles, à l'ombre de l'Église Saint-**Nicolas**. De là à déduire que l'Adepte Nicolas Flamel était de retour à Paris depuis 1895 pour y accomplir une mission de nature alchimique en lien avec Bruxelles et d'autres immortels, il y avait un pas que je n'étais pas encore disposé à franchir...

*

Faute de franchir ce pas, je fis le tour des bouquinistes.

Je collectai suffisamment d'ouvrages consacrés à l'Adepte de Saint-Jacques-la-Boucherie pour m'imprégner des grandes lignes de sa légende.

Flamel est censé naître à Pontoise. En 1330, pour les uns, 1340 pour les autres. Dans sa jeunesse, il fait un rêve étrange. Un ange lui apparaît pour lui montrer un livre dû à un certain Abraham le Juif. Livre qu'il parviendra à acquérir par la suite, fait de trois fois sept feuillets, contenant des gravures et des textes alchimiques dont il ne viendra à bout qu'après avoir fait le pèlerinage de Compostelle et rencontré un savant kabbaliste, maître Canches.

Nicolas Flamel a un frère cadet, Jean, qui est secrétaire et conseiller du duc Jean de Berry.

Nicolas, devenu écrivain public, copiste et libraire-juré, épouse vers 1370, une bourgeoise de Paris, deux fois veuve et assez riche, Dame Pernelle. Ils se livrent ensemble à l'alchimie. Ils parviennent à fabriquer de l'or alchimique.

Grâce à cet or, le couple Flamel se fait construire un hôtel à la façade ornée de sculptures au coin de la rue des Écrivains et de la rue de Marivaux, il en fait son domicile mais aussi une sorte de pension pour jeunes gens de bonne famille. En 1389, on doit aux époux Flamel le financement d'une des arcades du charniers des Saints-Innocents ainsi que la réfection du petit portail de l'église Saint-Jacques-la-Boucherie.

Après la mort de Dame Pernelle (1397), Nicolas finance une seconde arcade du charnier des Innocents. En 1404, il contribue à la réfection du portail de l'église Saint-Geneviève-la-petite, sise sur l'île de la Cité, et au financement d'une nouvelle chapelle de l'hôpital Saint-Gervais (rue de la Tixeranderie), il semble avoir aussi contribué à la réfection des églises Saint-Côme et de Saint-Martin-des-Champs. Il acquiert des terrains dans la censive du prieuré de Saint-Martin-des-Champs afin d'y faire construire, à la place des masures qui s'y trouvent, à partir de 1407, des maisons à la fois de rapport et de charité : ainsi le Grand-Pignon (rue de Montmorency) comprend un lavoir payant et des logis gratuits pour les laboureurs (alchimistes) de passage dans la capitale.

1962

CHAPITRE 24

Je renouai contact avec « Jérôme Cardan » en janvier 1962 de manière tout à fait incidente.

L'une de ses amies étant victime d'un goujat qui la harcelait jusque sur son lieu de travail, « Cardan » s'était souvenu que je dirigeais une agence de police privée et était intervenu pour que je règle avec discrétion et efficacité le problème de son amie. Ce que j'avais fait de manière officieuse et gratuite. Pour me remercier, « Cardan » m'avait invité à déjeuner dans une brasserie du Montparnasse.

L'homme que j'avais rencontré à Lyon en mai 1943, pilier du réseau Marco Polo, responsable de la Centrale, déporté à Mauthausen, était désormais écrivain. Il avait échangé son pseudo « Jérôme Cardan » contre son nom patronymique, Jacques Bergier.

Il avait publié, deux ans plus tôt, chez Gallimard, *Le matin des magiciens* avec son ami Louis Pauwels.

Sa culture était considérable, sa conversation passionnante. L'humour ne désertait jamais son propos, même quand il s'attardait sur la façon dont il avait traqué et exécuté Ziereis, le commandant du camp de Mauthausen, en lui vidant dans le ventre le chargeur de son pistolet de fabrication soviétique. Sympathisant communiste, Bergier avait rendu de petits services, avant-guerre, à l'appareil clandestin du PCF, la fameuse section d'org. Lors d'une mission à Berlin, il avait croisé la route de Marcel Anad. Les deux hommes s'étaient revus par la suite à Paris où il leur arrivait de prendre un pot dans un bistrot des Halles.

– Un type chaleureux, concéda Bergier. Il pratiquait une voie alchimique peu connue des historiens de l'alchimie, la *voie du verre*. Une voie qui utilise comme *materia prima* un bloc de fulgurite, autrement dit un bioxyde de cilicium... Une substance hyaline minérale qui a la consistance d'un verre naturel, de couleur rouge foncé, obtenu à la suite d'un impact de foudre !...

Amplifié par ses lunettes de myope, le regard de Bergier semblait, lui aussi, charrier la foudre.

– ... Je confesse avoir intégré quelques-unes des réflexions d'Anad dans les recherches que je menais, en 1939, avec mon ami Helbronner. Nous rêvions de construire un empire industriel de type nouveau non pas basé sur la fission de l'uranium mais la mise au point d'une énergie atomique propre. Nous approchions de plus en plus, expérimentalement, de l'énergie atomique légère... Nous arrivions à transmuter des éléments. A partir du tungstène et du bois, nous parvînmes à faire de l'or en volatilisant un fil métallique par une décharge électrique extrêmement puissante... Or qu'est-ce que la foudre sinon un phénomène naturel de décharge électrostatique disruptive consécutive à l'accumulation d'une grande quantité d'électricité statique dans des zones de nuages d'orage ? Emprisonner la foudre pour nourrir la *voie du verre* était, sur bien des points, une démarche voisine de la nôtre...

Je ne pus m'empêcher de faire observer :

— Je comprends mieux, dans ces conditions, votre rencontre avec Fulcanelli... Enfin, telle que vous l'avez laissé entrevoir dans *Le matin des magiciens*.

Son regard se fit malicieux.

— Sauf que tout n'est pas dans le bouquin, loin s'en faut... Je n'ai pas tout dit à Pauwels !...

Il se mit à rire.

— ... Fulcanelli n'était pas venu seul ce jour-là. Marcel Anad l'accompagnait. C'était la deuxième fois que Fulcanelli venait sur mon lieu de travail. Ma première rencontre avec le Forgeron solaire avait eu lieu six mois plus tôt dans l'atelier d'Anad, à Montmartre... Un vieil homme aux longs cheveux blancs se tenait dans un coin de l'atelier, il était demeuré silencieux tout au long de ma conversation avec Anad et Fulcanelli... Ce vieil homme, je l'ai revu par la suite à deux reprises. A Paris, en mai et juin 1939, aux abords de Notre-Dame. J'ai voulu, les deux fois, aller le saluer mais je n'ai pas pu m'approcher de lui, j'avais l'impression d'être changé en statue de sel, mes jambes refusaient de bouger. Je m'en suis ouvert à Anad et savez-vous ce qu'il m'a dit ? « C'était pour ton bien, Jacques, il a juste voulu que tu évites de venir lui serrer la paluche... Rares sont ceux qui parviennent à supporter l'intensité de ses vibrations... Ce vieil homme n'est pas n'importe qui... Il est plus célèbre encore que son épouse, Dame Pernelle. »

— C'est une blague ? dis-je.

Bergier secoua la tête.

— Non, Marcel Anad était tout ce qu'il y a de plus sérieux.

– Nicolas Flamel à Paris... En 1939 ?

Bergier se mordit la lèvre supérieure.

– Oui. C'est-à-dire quelques années à peine après avoir rencontré Léo Larguier... Si vous prenez la peine d'ouvrir *Le faiseur d'or Nicolas Flamel* et de lire son avant-propos entre les lignes, il était déjà à Paris en 1935, messire Flamel... Il regardait d'un œil attendri son vieux complice dispenser ses cours d'alchimie à l'air libre. Dans les allées du jardin médiéval de Cluny.

CHAPITRE 25

En avril ne te découvre pas d'un fil, dit l'adage.

Des gens entreprirent pourtant de se découvrir. Le 19 avril 1962, très précisément. En faisant sortir des presses de l'imprimerie Firmin-Didot, dans l'Eure, pour le compte des éditions Julliard, à Paris, un ouvrage intitulé *Les templiers sont parmi nous*. L'auteur de l'ouvrage se nommait Gérard de Sède. De son vrai nom Géraud Marie de Sède de Lieoux, né le 5 juin 1921 à Paris.

Baron, journaliste, trotskiste, membre, en 1941, du groupe surréaliste, résistant FFI, titulaire de deux citations, Gérard de Sède avait, en 1956, embauché sur son exploitation un porcher nommé Roger Lhomoy, auparavant jardinier et guide du château de Gisors.

Lhomoy avait mené pendant la Seconde Guerre mondiale des fouilles clandestines sous le donjon du château. Il était à la recherche d'une chapelle souterraine, la chapelle Sainte-Catherine, renfermant trente coffres de fer dans lesquels était censé reposer le trésor des Templiers mis à l'abri, sur ordre de Jacques de Molay, à la veille des arrestations d'octobre 1307. Ce même Jacques de Molay qui allait être emprisonné, de mars 1310 à mars 1314, dans les geôles du château de Gisors, avec trois autres dignitaires de l'Ordre.

Du moins était-ce la fable que Lhomoy s'était empressé de vendre à notre baron rouge, lequel s'était empressé de la revendre aux éditions Julliard avec un franc succès.

Jolie fable, jolie comptine mais avec plein de bémols, disait Jacques Bromy qui avait, grâce à sa belle-famille, ses entrées chez Julliard tout autant qu'aux ministères de l'Intérieur et de la Culture.

Lhomoy avait creusé des tunnels sous le donjon pendant toute la durée de l'occupation allemande sans être à aucun moment inquiété par les officiers, les sous-officiers et les soldats de la Wehrmacht qui faisaient tourner sur place un atelier de réparation de chars d'assaut et géraient un dépôt de quinze mille litres d'essence.

Lhomoy n'avait pas été inquiété, disait Jacques, parce qu'il jouissait de la bienveillance de l'Abwher...

Plus exactement de la bienveillance d'Otto Wiener, l'officier de l'Abwher cantonné à l'hôtel Lutetia, à Paris, qui « traitait » Lydie Basténi et comptait parmi ses informateurs « monsieur Louis ».

CHAPITRE 26

Notre frère Bernard Blanc (que l'on avait coopté au sein de la Loge des Argonautes en janvier 1958) suivait de très près le dossier Lhomoy.

Conseiller spécial du ministre de l'Intérieur Roger Frey, Bernard était l'homme de la situation.

Il avait enquêté sur Roger Lhomoy dès 1947.

Chargé par Frey, alors membre influent de son comité directeur, de plancher sur la sécurité du Rassemblement du Peuple Français (RPF), mouvement créé pour préparer le retour du Général de Gaulle au pouvoir, Bernard Blanc n'avait pu faire l'économie d'enquêter discrètement sur l'auteur d'un courrier adressé à l'homme du 18 juin. L'auteur dudit courrier se vantait d'être en capacité de fournir des fonds inépuisables au RPF. Sous la forme de trente coffres remplis d'or censés reposer dans une crypte creusée sous le donjon du château de Gisors. Coffres auxquels s'étaient intéressés — sans parvenir à les extraire de leur cachette — les Allemands.

Notre frère Bernard, à la demande de Frey, avait accompagné Lhomoy, un soir, dans un dédale de galeries creusées à main d'homme, étayées sommairement. Ce qui prouvait qu'il n'avait pas affaire à un mythomane. Lhomoy avait risqué sa vie dans ses trous à rat. Il y avait nécessairement un fond de vérités derrière ses allégations... Mais Lhomoy ne disait que ce qui l'arrangeait [1].

Grâce aux réseaux gaullistes, notre frère Bernard Blanc découvrit que Lhomoy avait frayé, au début de l'occupation nazie, avec un certain « monsieur Louis », un Alsacien membre du PPF de Doriot passionné de radiesthésie et d'occultisme, lequel lui avait dit qu'il y avait de l'or, beaucoup d'or dans des coffres en fer sous le donjon. C'était la conversation préférée de « monsieur Louis » quand il avait un coup dans le nez. Personne ne croyait à l'or de Gisors et au pendule de « monsieur Louis » au PPF, mais « monsieur Louis », lui, y croyait puisqu'il avait remis à Roger Lhomoy le matériel (pioches, pelles, baladeuse) indispensable au creusement de sa taupinière et l'argent liquide l'ayant mis en capacité de doubler son salaire de jardinier municipal durant toute la durée de la guerre (sans compter les tickets de rationnement en veux-tu en voilà). « Monsieur Louis » s'était réfugié en Espagne peu après le Débarquement allié, sur les conseils de son amie Geneviève Zaepffel, voyante distinguée qui militait pour la fusion de la France pétainiste et de l'Allemagne nazie, en « oubliant » Lhomoy et sans s'encombrer du jeune factotum qui l'accompagnait parfois à Gisors...

Ce jeune factotum, fils de la cuisinière de Geneviève Zaepffel, se piquait d'astrologie, il interrogeait le ciel astral de « monsieur Louis » chaque

---

[1] André Astoux, proche du Général de Gaulle et de Roger Frey, écrira plus tard à propos du dossier Gisors : « Le secret des Templiers demeure. Si le trésor avait été découvert, l'« inventeur » aurait pu aider au financement difficile de notre action... » (*L'oubli*, Lattès, 1974.)

fois que l'Alsacien l'estimait nécessaire et transportait — accessoirement — des mallettes bourrées de fausses livres sterling, de faux dollars et de faux papiers à destination de militants PPF censés poursuivre la lutte contre les bolcheviques après la chute du Reich. Son nom ? Pierre Plantard. Il était resté à Paris, comptant sur son jeune âge et quelques protections suffisantes pour passer à travers les mailles des filets de l'épuration.

C'est lui qui avait conseillé à Lhomoy de mettre le RPF sur la trace du trésor de Gisors après avoir adhéré au mouvement gaulliste pour protéger ses arrières.

En politique, on n'est jamais trop prudents, disait Plantard (qui n'était pas à un retournement de veste près).

*

Selon la direction des éditions Julliard, Pierre Plantard avait fourni à Gérard de Sède la documentation qui lui manquait pour écrire *Les templiers sont parmi nous*, après lui avoir mis dans les pattes Roger Lhomoy sous prétexte de s'occuper de ses porcs.

CHAPITRE 27

L'ancien collabo Plantard avait plus d'un tour dans son sac.

Notre frère Bernard Blanc en eut confirmation par le truchement de deux « monte-en-l'air » qui rendaient des services occasionnels à la DST, la direction du contre-espionnage hexagonal rattachée au ministère de l'Intérieur.

Il leur avait demandé d'effectuer une visite nocturne du domicile parisien de Pierre Plantard.

Au cours de cette visite, nos monte-en-l'air photographièrent une montagne de documents permettant de retracer la carrière collaborationniste du documentaliste de Gérard de Sède à la manière du Petit Poucet et de ses cailloux blancs. Avant de militer pour le retour du Général de Gaulle au sommet de l'État, Pierre Plantard rêvait d'une chevalerie occidentale placée sous le parrainage de la Francisque et de la croix gammée. Il fréquentait des cadres du PPF de l'ancien communiste Doriot passé au service du régime nazi, mais aussi des rosicruciens, des martinistes et des francs-maçons égyptiens. Il tenait en grande estime le mage Robert Amblain — au rôle trouble durant l'Occupation — qui faisait le grand écart entre le martinisme et la maçonnerie séthienne, il assistait volontiers aux causeries données dans l'arrière-salle de la librairie Orion par des amis du docteur Hourié, spécialiste du chamanisme mexicain et de la pharmacopée tibétaine.

Plantard était surtout devenu l'ami intime d'un ancien dignitaire maçon très droitier qui se faisait lire l'avenir par Geneviève Zaepffel et disait avoir recueilli, sur son lit de mort, des confidences de la bouche d'un haut responsable d'une société secrète catholique soucieuse de restaurer la royauté en France. Selon ce dignitaire catholique, dans les années 1830, un trésor avait été enfoui dans le Vexin normand ainsi que dans diverses caches du sud de la France pour être exhumé au moment où l'Église le jugerait nécessaire.

Des prêtres avaient reçu la garde de ce trésor.

*

Gérard de Sède rencontra un vif succès avec la publication de son ouvrage *Les templiers sont parmi nous*. Ventes spectaculaires. Critique dithyrambique. Même Pierre Dumayet crut devoir interroger Sède et Lhomoy devant les caméras de l'ORTF. Le trésor des chevaliers au blanc manteau — qu'il existât ou non — hantait les imaginations.

Le ministre de la Culture, André Malraux, se vit contraint de céder à la pression de l'opinion publique.

Des fouilles officielles — placées sous la protection de l'armée — furent ordonnées à Gisors.

On creusa sous le donjon.

Et on ne trouva rien, bien sûr.

Pierre Plantard avait entretemps délaissé Gérard de Sède et le Vexin normand au profit du département de l'Aude. Avec une poignée d'amis, l'ancien coursier de « monsieur Louis » passait ses nuits à fouiller le sol de Rennes-le-Château et de ses environs comme l'avait fait, de longues décennies plus tôt, le curé Bérenger Saunière.

CHAPITRE 28

Notre frère Bernard Blanc plancha sur Saunière.

Il livra en Loge des Argonautes une planche qui nous transporta, par l'érudition et l'éloquence de son auteur, en 1883, sur une route étroite et sinueuse menant à un village de trois cents âmes, perché sur une colline à laquelle on accédait par une route très étroite et sinueuse.

L'église Sainte-Madeleine, datant du VIIIe ou IXe siècle, est en mauvais état et le presbytère inhabitable lorsque le curé Bérenger Saunière, né à quelques kilomètres de là — à Montazels —, y débarque.

Farouchement antirépublicain, lié à la comtesse de Chambord, Saunière ne cache pas son attachement à la droite conservatrice regroupant les monarchistes, les légitimistes, les orléanistes et les bonapartistes. Sanctionné pour avoir appelé en chaire, la veille des élections, à battre les républicains, il reçoit un don de 3000 francs (ce qui représente plus de trois ans de traitement) de la part de la comtesse de Chambord, épouse du duc de Bordeaux, dernier représentant de la branche aînée des Bourbon.

De 1883 à 1887, Saunière s'attaque à la restauration de l'église Sainte-Madeleine. En déplaçant le maître autel, il découvre — en présence de deux témoins — des parchemins.

Ces parchemins, Saunière les garde pour lui.

Poursuivant son entreprise de restauration, il s'attaque au pavement de la nef, au pied de l'ancien autel. Entouré de quelques enfants de chœur, il lève à l'aide d'un levier et de barres de fer une grande dalle — dite Dalle du Chevalier — et met au jour quelques marches d'escalier. Il congédie alors les enfants.

Les imaginations s'enflamment. Des villageois murmurent que le curé Saunière aurait découvert des bijoux au bas des marches que masquait la Dalle. D'autres qu'il aurait découvert un pot empli de pièces d'or.

Des villageoises s'émeuvent lorsque la servante du curé, la jeune et jolie Marie Dénarnaud, se met à porter des bijoux anciens.

D'autres accusations sont formulées. Bérenger Saunière, la nuit, profane des tombes. Ne l'a-t-on pas surpris en train de mutiler la pierre tombale de Marie de Negri d'Ables, marquise d'Hautpoul et de Blanchefort, décédée en 1781 et inhumée dans le cimetière de Rennes-le-Château ?

Pourquoi s'être attaqué à la pierre tombale de la marquise d'Hautpoul ?

Peut-être parce que la famille d'Hautpoul — qui possédait des biens dans le Razès depuis le IXe siècle — avait reçu en cadeau de mariage, en 1422, Rennes-le-Château, ancienne capitale du comté, à l'occasion d'une union avec l'héritière des lieux, Blanche de Morquefave, fille de Jeanne de Voisin, et qu'en novembre 1732, le descendant de la famille d'Hautpoul, François d'Hautpoul, chevalier marquis de Blanchefort, baron de Rennes, avait épousé Marie de Negri d'Ables. (Avec lui allait s'éteindre, en 1753, la lignée des seigneurs de Rennes.)

*

Après l'épisode de la mutilation du tombeau de la marquise d'Hautpoul, le curé Saunière devint riche, immensément riche pour un curé de campagne.

Il se fit bâtisseur.

Difficile pour nous — membres de la Loge des Argonautes — de ne pas faire le rapprochement qui s'imposait...

L'Aude était la terre-mère des Hautpoul.

Faute de descendance mâle, la branche des Hautpoul de Rennes-le-Château s'était éteinte en 1753, avec la mort de François d'Hautpoul, seigneur de Rennes, époux de Marie de Negri d'Ables.

Restait donc, dans notre champ d'investigation, Alphonse Henri, comte d'Hautpoul...

Député de l'Aude de 1830 à 1838.

Inspecteur général de l'infanterie en Algérie puis pair de France.

Ministre de la guerre en 1849.

Puis gouverneur général de l'Algérie.

Si l'on se fiait aux séances d'hypnose menées par Lydie Basténi sur la personne de Jean Marquès-Rivière, en juillet 1830, l'année de son accession à la députation de l'Aude, Alphonse Henri d'Hautpoul, futur ministre de la guerre, avait contribué à délester le Trésor de la Régence d'une partie de son or et de ses joyaux... Et — surtout — il avait veillé, avec son complice Paul Loiseau, à l'embarquement de 24 mystérieuses caisses et 14 mystérieux barils à bord du brick *l'Orgueilleux*, parti d'Alger avec ses caisses et ses barils mais jamais arrivé à Toulon.

*

Pour la Loge des Argonautes, les conclusions du frère Bernard Blanc étaient frappées du coin de bon sens.

Le comte Alphonse Henri d'Hautpoul, devenu député de l'Aude, avait dissimulé sa part du butin d'Alger du côté de Rennes-le-Château, berceau des Hautpoul.

Le curé Bérenger Saunière était tombé sur l'une des caches du trésor d'Alger — à savoir la tombe de la marquise Marie de Negri d'Ables, marquise d'Hautpoul et de Blanchefort — une cinquantaine d'année après son enfouissement, en terre du Razès, par Alphonse Henri d'Hautpoul.

CHAPITRE 29

Dans les jours qui suivirent notre fameuse tenue sur le Trésor d'Alger et les Hautpoul, j'entrepris de me procurer les fac-similés des pièces sur lesquelles notre frère Bernard Blanc s'était appuyé pour nous tenir en haleine tout au long de la lecture de sa planche, notamment une lettre du général de Bourmont au prince de Polignac datée du 12 juillet 1830, estimant que le montant du Trésor d'Alger s'élevait à au moins quatre-vingt millions en espèce d'or et d'argent, auxquels il fallait ajouter vingt millions en denrées et marchandises diverses.

Singulier puzzle que celui qui s'offrait à notre sagacité. Les premières pièces de ce puzzle avaient probablement été assemblées le 27 juillet 1830, départ de ce qu'on appellera les Trois Glorieuses. Les Parisiens étaient descendus le 27 juillet 1830 au matin dans la rue, dressant les premières barricades en attendant l'apparition du drapeau tricolore. Le 28 juillet des combats meurtriers se déroulèrent dans la capitale. Le 29 juillet le peuple envahit les Tuileries.

Le 2 août Charles X et la cour quittèrent Saint-Cloud pour l'Angleterre. Une semaine plus tard, Louis-Philippe montait sur le trône.

La controverse n'avait pas attendu l'abdication et le départ précipité de Charles X pour commencer....

Elle avait débuté le 21 juillet.

Lancée par *Le Sémaphore*, un journal phocéen fondé en 1827, deux ans après le lancement du *Nouveau Marseillais*, le journal de Paul Loiseau. Dans son numéro du 21 juillet 1830, *Le Sémaphore*, par la plume de son correspondant parisien, révélait que l'opération d'Alger avait été montée pour détourner *in fine* une partie du Trésor de la Régence au profit de la cassette personnelle de Charles X.

Autrement dit, selon le journal phocéen, Charles X avait monté l'expédition d'Alger afin de disposer de fonds secrets supplémentaires. Pour étayer cette thèse qu'il avait fait sienne, notre frère Bernard Blanc s'était appuyé sur une lettre du général Loverdo au prince de Polignac, datée du 8 juillet 1830. Maître du renseignement français, spécialisé dans les affaires du Levant, Loverdo dirigeait l'une des trois divisions chargées de l'occupation de la Casbah. Il avait eu vent du pillage des appartements du dey par de jeunes officiers français, aussi s'était-il cru autorisé à alerter par courrier le prince de Polignac.

Un passage de la lettre de Loverdo à Polignac me parut déterminant : « *Autrefois, les officiers du moins s'abstenaient de prendre une part directe aux désordres, mais aujourd'hui les chefs conduisent la meute à la curée et l'on voit de jeunes officiers, porteurs de noms illustres, sortir des souterrains, des salles de la Casbah, chargés d'effets, de meubles pillés (…). Les pierres précieuses, l'or et l'argent, tant en monnaies qu'en lingots, ont disparu, et si le trésor de France n'a plus rien à espérer de ce côté, le magot n'est pas perdu pour tout le monde.* »

Charles X renversé, Louis-Philippe devenu lieutenant-général du royaume, les rumeurs sur la dilapidation du Trésor d'Alger se répandirent dans Paris. Louis-Philippe releva de ses fonctions le général de Bourmont et le remplaça par le général Clauzel.

S'installant à Toulon en attendant son bateau pour Alger, Clauzel mena ses premières investigations. Et dès le 27 août, il se trouva en mesure de faire savoir au ministre de la Guerre : « *Les renseignements que j'ai pris à Marseille et à Toulon me portent à croire que les sommes venues en France et qu'on doit supposer avoir été prises à la Casbah, se portent à 10 millions de francs. Quant aux bijoux, on n'en connaît pas la valeur (…).* »

*

Clauzel débarqua à Alger le 2 septembre 1830. Il s'était adjoint les services d'un fouille-merde, mi-journaliste mi maître-chanteur, ancien adjoint aux commissaires des guerres à Saint-Domingue, le sieur Jean-Baptiste Flandin.

Flandin avait les pleins pouvoirs pour diriger la commission d'enquête voulue par Clauzel.

Bien décidé à donner un coup de pied dans la fourmilière, notre fouille-merde, à peine débarqué, perquisitionna les bureaux algérois de la maison Seillière, dirigée par Adolphe Schneider. Il ne trouva rien, mais au sortir de chez Schneider, Flandin se transporta sur les lieux du « crime », les salles où était entassé le Trésor de la Régence. Il s'employa à reconstituer le cubage de chacune des salles afin d'estimer leur valeur globale et par extension la valeur de l'ensemble des trésors constituant le Trésor d'Alger dérobé au dey par les hommes de Bourmont et leurs alliés de la maison Seillière.

Au terme de cette opération cubage, Flandin s'estima en capacité de conclure qu'une grosse partie du trésor — pour une valeur de **cent millions** de francs — avait été détournée. D'autres éléments en sa possession lui permirent de faire savoir au général Cluzel que les auteurs des détournements avaient fait expédier leurs cargaisons d'or, d'argent et de bijoux sur les places de Cadix, Gibraltar, Palma, Mahon, Livourne, Gênes, Naples, Carthagène ; et en France, Toulon, Marseille, Lyon, Paris...

Mieux, des dépôts d'argent et d'objets précieux avaient été faits chez les consuls étrangers à Alger, notamment chez ceux d'Angleterre, du Danemark, de Sardaigne par des individus appartenant à l'armée française.

1963

CHAPITRE 30

En mars 1963, je débarquai à Douai, chez Monsieur André Richard, ami de Valentin Bresle.

Ancien entrepreneur de travaux publics, Monsieur Richard consacrait sa vie et sa fortune au commerce avec les esprits, il était toujours entre deux trains, deux conférences, deux congrès métapsychiques.

Au printemps 1914, l'intéressé, alors tout jeune entrepreneur, fréquentait le salon des Breguet. Il s'était lié d'amitié avec un jeune pilote d'avion, un fou volant, dont la fiancée, Louise Patin, était proche d'Angèle Jollivet Castelot. Il était question de chasses au trésor lors de certaines séances organisées par le couple Jollivet Castelot. Du moins lorsque la médium venait de Paris, en l'occurrence une certaine Léonie Longuet, pianiste. C'est François Jollivet Castelot qui avait convaincu Madame Longuet de venir par le train, le samedi, et de repartir par le train le dimanche. Elle avait fait ça toute la durée du printemps 14... Ensuite, il y avait eu la guerre et Monsieur Richard n'avait plus jamais entendu parler de cette médium.

*

Grâce à Valentin Bresle, je pus non seulement retrouver la trace de Léonie Longuet mais approcher l'intéressée.

Elle avait épousé un riche américain en 1920 et vécu à New York jusqu'au milieu des années cinquante. A la mort de son époux, elle avait regagné la France et acheté une jolie demeure avec parc, à Saint-Cloud. Léonie Longuet me reçut fort chaleureusement, un après-midi de juin, entourée de ses onze chats et de ses trois perroquets, dans le salon vert de sa jolie demeure. Sa gouvernante était une amie d'enfance de Miss Clash, l'épouse de Valentin Bresle.

– Vous êtes ici parce que vous vous intéressez au printemps 1914... Et, par conséquent, au « diplomate ».

J'opinai du chef.

– Oui madame.

– Monsieur Bresle m'a fait part de l'avancée de vos recherches sur les banquiers ayant tiré avantage des détournements de l'or d'Alger... A commencer par le banquier Seillière.

– C'est exact. Pas plus tard que la semaine dernière, en me rendant aux archives des Bouches-du-Rhône, j'ai retrouvé les traces de 30 quintaux d'or, c'est-à-dire une tonne et 200 kilos acheminés par le *Diligent*, l'un des bateaux Seillière… Vous vous rendez compte ? Mille deux cents kilos transportés dans les soutes d'un seul bateau sans qu'aucune autorité portuaire ne s'en étonne ! On comprend mieux pourquoi, après l'expédition d'Alger, la maison Seillière allait prendre une autre dimension, entrer dans le club fermé de la haute banque et marquer de son empreinte l'épopée industrielle de la France.

Elle me décocha un sourire complice.

– Je sais, monsieur Fage... Je suis allée moi aussi aux archives des Bouches-du-Rhône. Un an avant mon mariage. J'y ai fait des découvertes similaires, elles s'appliquaient à d'autres navires. J'ai encore deux noms en mémoire. Le brick sarde la *Belle Kitty*, la goélette toscane la *Vierge de Montero*. Tous deux transportaient de la vieille argenterie et de l'or.

CHAPITRE 31

Je revins le lendemain chez Léonie Longuet.
Et le surlendemain.
Je fis le plein d'anecdotes.

Léonie Longuet avait eu la révélation de ses dons médiumniques dès l'enfance. Elle s'était mise à les affiner avec la même application que pour maîtriser les accords au piano. Aussi sa réputation avait-elle fini par dépasser les cercles métapsychiques parisiens et toucher la province. Maître Philippe de Lyon et Papus tenaient Léonie Longuet en grande estime. Et le Sâr Péladan, créateur des salons de la Rose-Croix. Et leur disciple François Jollivet Castelot, fondateur de la Société Alchimique de France.

Par conséquent, quand Jollivet Castelot lui avait demandé de rendre un petit service à son épouse Angèle en participant à l'animation de soirées spirites à Douai, Léonie Longuet s'était empressée d'accepter.

*

Le samedi 4 avril 1914, rue du Canteleu, à Douai, sur le coup de neuf heures du soir, Léonie avait fait son entrée dans le salon d'un ami du couple Jollivet Castelot.

Une cathèdre était installée au centre d'un pentagramme positif bordé de bougies allumées.

Léonie prit place sur la cathèdre et ferma les yeux.

L'approche fut graduelle, non stressante. Picotements le long de la colonne vertébrale. Engourdissement des membres inférieurs. Tempes moites. Nuque brûlante. Sensation de décrochage... Les « yeux de l'âme » prirent le relais. Elle le vit, silhouette noire, courbée. Il s'avançait lentement. Il sembla à Léonie qu'ils se trouvaient dans une ruelle étroite et que le vent soufflait. Elle s'adossa à un mur râpeux.

Il continuait de s'approcher, elle tendit les mains vers lui, il lui saisit les poignets.

Contact d'une infinie douceur.

Léonie se laissa incorporer.

CHAPITRE 32

Scène saisissante, d'après les témoins de la soirée du 4 avril 1914. Le joli visage de Léonie Longuet opéra une transformation radicale dès son entrée en transe. Ses traits se durcirent au point de devenir outrageusement masculins. Front creusé de rides. Voix de baryton. Légèrement nasillarde.

– Pour vous, je serai « le diplomate », annonça l'esprit qui avait choisi de s'exprimer par la bouche de Léonie.

Il parla pendant une vingtaine de minutes.

Il révéla avoir été alchimiste et avoir suivi la *voie du verre*, une voie peu connue, ramenée de Jérusalem par les chevaliers du Temple.

Il était entré au service de la Société des Nautes quelques mois avant la révolution de 1848...

La Société des Nautes avait pour vocation de garder des trésors d'ordre initiatique mais pas seulement... Elle s'intéressait aussi à l'or maudit.

L'or des serviteurs du Diable.

*

La Société des Nautes s'efforçait de « tracer » l'or des serviteurs du Diable et de mesurer les effets négatifs que cet or était appelé à produire sur la conduite des affaires du monde.

CHAPITRE 33

Se laisser incorporer par un esprit n'est pas une sinécure, disent les médiums. On ne garde aucun souvenir des déclarations de celui qui vous « habite », mais on retire de la situation à laquelle on se prête une immense fatigue ...

A Douai, le soir du 4 avril 1914, Léonie Longuet n'eut pas besoin de prendre connaissance du compte-rendu établi par Angèle Jollivet Castelot, secrétaire de séance.

Léonie savait ce que l'esprit avait dit.

Elle avait été *lui*.

Aussi incroyable que cela puisse paraître.

Le jeune médium avait été « le diplomate » dès le début de l'incorporation. Elle l'avait senti se diluer en elle, elle l'avait littéralement épongé, absorbé ; pas une de ses pensées ne lui était restée étrangère tout au long de l'expérience.

*

Une fois dans sa chambre d'hôtel, le samedi 4 avril 1914, un peu avant minuit, Léonie avait peiné à trouver le sommeil. Yeux fermés, des images l'assaillaient. Des sons lui vrillaient les tympans. Yeux ouverts, elle voyait les murs se gondoler, le plafond s'ouvrir. L'angoisse l'étreignait avant de faire place à la panique, suivie d'un sentiment d'invulnérabilité

De retour à Paris, les mêmes phénomènes s'étaient reproduits le mardi 7 et le mercredi 8. Avec une pause le jeudi.

Le vendredi 10 avril 1914, en milieu de matinée, alors que Léonie épluchait des légumes, ventre appuyé contre l'évier, le « diplomate » s'était invité dans sa cuisine... Elle avait senti sa présence dans son dos. Elle s'était retournée, il se tenait près de la porte, il flottait à un mètre du sol.

Teint cireux.

Joues presque transparentes.

Redingote grise en lambeaux.

Les propos que lui tint le diplomate, elle se les remémora après le départ de celui-ci, allongée sur son sofa, et le lendemain dans l'omnibus, puis dans le train qui l'emmenait vers Douai...

La guerre viendrait avec les moissons.

Aujourd'hui

CHAPITRE 34

Mercredi 13 avril 1966

La surveillance rapprochée de Pierre Dron, alias J.R. Bright, auteur de *La figurine magique*, n'ayant rien donné, on déclenche « l'opération toubib ».

Notre frère Jules Morice, dit l'Africain, met trois équipes sur le dos du docteur Stienne, l'homme qui a été dénoncé à Chantal par l'inconnu du Père-Lachaise.

Tout ce qui entre et sort de la clinique de la rue de l'Abreuvoir, dans le quartier des Grandes Carrières, est photographiés au téléobjectif par un homme de l'Africain planqué dans un « sous-marin » (un Tube H Citroën). Le docteur Stienne et sa jeune épouse Romy sont filés dans tous leurs déplacements. Leur villa de Louveciennes est placée sous surveillance constante, leur ligne téléphonique mise sur écoute sauvage.

Mardi 3 mai

On obtient un premier résultat.

Romy Stienne, déjeune à La Coupole avec une certaine « Gervaise ». Malgré sa perruque rousse et ses lunettes noires, la « Gervaise » en question n'avait aucune chance de passer à travers les mailles du filet tendu autour du couple Stienne. Elle a juste pris de l'embonpoint en vingt ans.

– Vingt ans, vingt kilos, résume Jacques Bromy, en examinant les clichés photographiques pris au téléobjectif au sortir de la célèbre brasserie du Montparnasse.

Lydie Basténi, alias « Gervaise », n'a pas vraiment changé. Certes, elle s'est épaissie. Mais elle est restée belle, séduisante. Et très active...

D'après les informations rassemblées par Jacques Bromy, elle a racheté *Le Corsaire*, un bar proche de La Coupole. Elle dirige L'AFRIREX, une société d'import-export dont les bureaux sont installés boulevard Haussmann. Elle a aussi des parts dans une usine belge et une usine du Blanc-Mesnil. Son domicile consiste en un appartement de 200 mètres carrés à la Madeleine, somptueusement meublé, où se pressent des diplomates, des hommes d'affaires, des starlettes, des chanteurs de charme, des barbouzes et des trafiquants d'armes.

*

Mi-mai, on est en capacité de ranger dans le premier cercle de Lydie Basténi : John Morrison Junior, fils d'un gros pétrolier texan qui a fait la connaissance de « Gervaise » à New York, au milieu des années cinquante, et détient un quart du capital de l'AFRIREX et un tiers des parts du *Corsaire*.

Viennent ensuite Louise de Mol, une Ch'ti — chanteuse, pianiste, actrice, Louise de Mol tourne dans des films de vampires, elle a un amant congolais, Jean-Gabriel Mbayiya, titulaire d'un passeport diplomatique — et Martine Van Doreghem, de nationalité belge, directrice de sociétés, marié à un homme d'affaires d'origine sud-africaine qui passe, selon Jules Morice, pour rendre de petits services à la DST et à la CIA.

CHAPITRE 35

Je suis chargé d'approcher Louise de Mol sur proposition du Maître de la Loge des Argonautes.

Même si j'ai le cheveu grisonnant et pris quelques rides, Lydie Basténi risque de me reconnaître, l'Africain a tout à fait raison ; peut-être vaudrait-il mieux, dans un premier temps, laisser Chantal Soreau pousser la porte du *Corsaire* à ma place.

Chantal pousse donc toute seule comme une grande la porte du bar de Lydie Basténi.

Trois soirs de suite, elle applaudit la jeune pianiste, elle l'invite à sa table, elle fait couler le champagne, elle lui offre des cigarettes turques.

Chantal a de la chance. Louise de Mol traverse une passe amoureuse délicate. Son amant congolais, après l'avoir trompée avec une jeune fille au pair, l'a chassée de son appartement du quai Voltaire, il a balancé ses affaires dans la cage d'escalier. Cela fait une semaine que Louise dort sur une banquette du bar.

Chantal saute sur l'occasion, elle propose à la jeune pianiste du *Corsaire* de l'héberger dans son appartement de la rue Lepic le temps qu'il faudra.

*

Louise de Mol a fait des études de lettres et de droit, c'est une jeune femme cultivée et attachante, mais elle boit comme un trou. Et quand elle est ivre, elle « balance ».

Dès le deuxième soir de son installation rue Lepic, en rangeant ses affaires dans le dressing et en liquidant une demi-bouteille de Bourbon, Louise de Mol raconte à Chantal que son amant Jean-Gabriel Mbayiya est rosicrucien et féticheur. Il appartient à la Loge rosicrucienne de Paris après avoir appartenu, à Brazzaville, peu avant l'indépendance du Congo, à la même loge que Patrice Lumumba.

— C'est d'ailleurs Jean-Gabriel qui l'a assassiné...

– Qui ça ?

– Lumumba...

– Tu es sûre ?

– Carrément.

Louise de Mol en remet une couche le lendemain soir, après avoir fait ma connaissance et épongé une bouteille de rosé.

– C'est Jean-Gabriel qui a attiré Lumumba dans un traquenard et l'a assassiné. Jean-Gabriel travaille pour Mobutu mais aussi pour les Belges et les Américains. Ce fils de pute à fait croire à Lumumba, une semaine avant son arrestation par les sbires du colonel Mobutu, qu'un Rose-Croix lui était apparu, au cours d'un rituel, dans son sanctum...

– Son quoi ?

– Son sanctum. Chaque rosicrucien a ça chez lui... Une petite pièce avec un miroir et des bougies où il prie et fait ses rituels.

– Et alors ?

– Ben Jean-Gabriel a fait croire à Lumumba, qui était très naïf, que les Maîtres de la Grande Fraternité Blanche qui dirigent la planète et donnent leurs ordres aux dirigeants politiques de toutes les nations du globe l'avaient choisi pour faire de l'Afrique le miroir du monde à venir... Une tâche exaltante qui conférerait à Lumumba l'immortalité s'il parvenait à la mener à bien. Résultat, le leader de la révolution congolaise s'est pas méfié quand Jean-Gabriel l'a fait soi-disant évader de prison et monter dans un avion affrété par les Anglais. D'autant que c'est une femme dont j'ai oublié le nom, mais que Lumumba avait plutôt à la bonne, qui avait monté toute l'affaire de l'évasion et de l'enlèvement par avion. Elle travaillait à l'ambassade britannique à Léopoldville. Elle était très copine avec Martine Van Doreghem qui dirigeait une scierie au Katanga.

– La Martine Van Doreghem qui dirige aujourd'hui une fonderie à Puteaux ?

– Ouais. C'est une habituée du *Corsaire*. Elle est cul et chemise avec Madame Lydie, la Van Doreghem. Elle travaille pour les Américains, d'après Jean-Gabriel. Paraît que les Anglais et les Belges adorent faire le sale boulot des Américains en Afrique. Mais cette salope de Martine travaille aussi, de temps en temps, pour nous, les Français.

CHAPITRE 36

Début juin, je suis en capacité de fournir à notre frère Jules l'Africain un scénario acceptable en ce qui concerne la liquidation du dirigeant congolais Patrice Lumumba.

Membre d'un Ordre rosicrucien d'obédience américaine, l'Ancien et Mystique Ordre de la Rose-Croix (AMORC), premier ministre de la République démocratique du Congo de juin à septembre 1960, Lumumba déçoit très vite les Américains en s'attaquant aux intérêts des grandes compagnies minières, aussi la CIA décide-t-elle de soutenir le coup d'État fomenté à Léopoldville par son homme lige, le colonel Joseph Désiré Mobutu.

Patrice Lumumba est arrêté en octobre 1960 sur ordre de Mobutu et assigné à résidence. Il s'échappe, tente de gagner Stanleyville et est de nouveau arrêté, cette fois à Lodi, dans le district de la Sankuru. Ramené à Mweka, il est embarqué à bord d'un avion à destination de Léopoldville, puis transféré au camp militaire Hardy de Thysville. Le 17 janvier 1961, notre rosicrucien trop dérangeant est de nouveau embarqué à bord d'un avion qui l'emporte à Elisabethville, au Katanga. Il séjourne dans une petite maison gardé par des soldats fidèles au leader indépendantiste Moïse Tshombé, protégé du mercenaire français Bob Denard, pièce maîtresse des réseaux « françafricains » mis en place par Jacques Foccart, le Monsieur Afrique du Général de Gaulle.

Torturé par Tshombé, en présence de Jean-Gabriel Mbayiya, Patrice Lumumba est conduit dans un hangar où l'attendent quatre Belges, deux policiers et deux officiers parachutistes. L'un de ces policiers belges appartient à la Sûreté de l'État. Il s'agit du commissaire Maurice Van Doreghem dont la sœur, Martine, dirige alors une scierie dans la région du Kasaï. C'est avec le pistolet du commissaire Van Doreghem que Jean-Gabriel Mbayiya aurait abattu Lumumba d'une balle dans la tête suivie d'une balle en plein cœur, avant que les deux officiers parachutistes belges aillent plonger le cadavre du rosicrucien dans une baignoire remplie d'acide.

Je fais part de mes conclusions à Jules l'Africain, le mardi 7 juin, en fin de matinée, dans son bureau de l'avenue de Friedland. Notre frère Jacques Bromy est absent pour cause de voyage d'affaires au Maroc.

— Mon petit Roger, dit Jules après m'avoir écouté, je suis d'accord avec toi. Tu as exhumé une affaire d'État. Le rosicrucien Lumumba a été liquidé par les Américains, les Britanniques, les Belges et... les Français. Ça fait du monde, hein ? Et du beau monde !...

Il fait la grimace.

— ... Pour les Belges, je savais. Mon camarade « Morvan », du SDECE, m'a raconté la chose. Il sortait d'une petite bouffe avec Bob Denard. Ce sont des para-commandos natifs de Bruxelles qui ont dissous le cadavre de Lumumba dans une baignoire remplie d'acide. Ils ont même trouvé le moyen de s'infliger des brûlures aux mains en vidant la baignoire, figure-toi !

Mais grâce à toi je sais, désormais, que le tueur se nommait Jean-Gabriel Mbayaya...

— Mbayiya.

— Si tu veux. Mais, surtout, je sais que Martine Van Doreghem était dans le coup.

— Tu la connais ?

— Oh ! oui... Je l'ai croisée une bonne dizaine de fois en Afrique.

CHAPITRE 37

Jacques Bromy, de son côté, a recueilli des infos intéressantes. Il nous l'annonce en rentrant du Maroc, le jeudi 9 juin. Ses sources ? Deux visiteurs du soir de Matignon, spécialistes du renseignement extérieur.

Selon ces deux spécialistes, Romy Stienne, l'épouse du docteur qu'on a dans le collimateur, est la sœur d'une vieille connaissance : Otto Wiener, l'officier allemand qui « traitait » Lydie Basténi pendant la guerre.

Otto Wiener, ingénieur chez Messerschmitt avant les accords de Munich, a travaillé pour l'Abwehr dès 1941. L'année suivante il était affecté à Paris, à l'hôtel Lutetia.

Sœur d'Otto, Romy Stienne est la fille d'Helmut Wiener, de nationalité autrichienne, ancien directeur de la Recherche de la firme aéronautique Junkers. Impliqué dans la conception des V1 et des V2, réfugié à Vienne chez l'actrice Magda Schneider, Helmut Wiener est tombé dans les filets de la DGER, les services spéciaux français issus de la Résistance. Rapatrié en France avec sa famille, il a accepté de mettre ses talents au service de l'aéronautique française.

Après avoir travaillé, comme son père, pour l'aéronautique française, Otto Wiener est désormais consultant pour une grande compagnie pétrolière, la Compagnie des Pétroles du Nord, qui a une raffinerie à Dunkerque. Il se rend souvent en Afrique dans le cadre de ses activités.

– Bref, résume Jacques, on est entre amis. *Le Corsaire*, propriété de Lydie Basténi qui travaillait pour l'hôtel Lutetia et la Gestapo de Lyon, est le point de chute de Martine Van Doreghem qui a fui Bruxelles en 1942, parce qu'elle était impliquée dans un vaste trafic de ferraille et avait bénéficié de la protection d'un officier de l'Abwerh, fusillé pour ça... Réfugiée au Congo, Martine Van Doreghem a trempé avec son frère, commissaire de police, dans l'enlèvement et l'assassinat de Patrice Lumumba... Installée aujourd'hui en France où elle dirige des fonderies, elle déjeune une fois par mois à La Coupole avec Romy Stienne dont le frère se rend souvent en Afrique et se trouvait, comme par hasard, au Katanga, en janvier 1961, quand on a assassiné Lumumba.

– Le Docteur Stienne a travaillé, lui aussi, pour les Allemands, si l'on en croit l'inconnu à l'écharpe rouge qui a abordé Chantal Soreau au cimetière du Père-Lachaise...

– Oui Roger.

Au tour de l'Africain de prendre la parole.

– Il l'a fait d'une manière très discrète... Sa clinique de la rue de l'Abreuvoir a servi de lieu de détention et de tortures pour certains résistants tombés entre les mains des sbires de Marquès-Rivière, tout au long de l'année 1943. Alors que sévissait un certain Hans Spiel... Je sais ça depuis ce matin. Grâce à ça...

Il brandit une pochette de cuir noir.

CHAPITRE 38

L'Africain a le sens de la mise en scène et ça ne date pas d'hier. En hypokhâgne, il nous bluffait avec ses tours de magie. Il faisait apparaître et disparaître des colombes en plein cours de maths. Aujourd'hui, les colombes font place à des clichés photographiques.

– Le sieur Hans Spiel, annonce-t-il.

Il fait circuler les clichés qu'il vient d'extirper de sa pochette de cuir noir.

– Ils ont été pris par Marcel Anad et ses copains de la section d'org. C'est Valentin Bresle qui me les a fait parvenir...

On se replonge avec ces clichés dans le Paris de 1943. On voit Hans Spiel au volant d'une Traction Avant. Au sortir d'un restaurant. D'un cinéma. Hans Spiel est un trentenaire souriant, blond, moustachu.

– ... Le loustic travaillait pour les bureaux d'achats Otto, installés rue Adolphe-Yvon, dans le seizième.

Jacques fait la grimace.

– Membre de l'Abwehr, je suppose ?

– Je dirais plutôt l'oreille du SD au sein de l'Abwehr. Mais pas seulement... Il avait un statut à part, rue Adolphe-Yvon, en raison de son appartenance à l'Ahnenerbe, la Société pour la recherche et l'enseignement sur l'héritage ancestral.

Jacques connaît bien l'histoire de l'Ahnenerbe, fondée par Himmler et intégrée aux SS. Il nous a livré en Loge, il y a deux ans, une planche sur ses différentes sections, notamment sa section archéologique. Cette section était censée se focaliser sur l'Allemagne et ses origines germaniques. Elle multipliait les fouilles sur le terrain. En Allemagne du Nord, sur le site viking d'Hairhabu. En forêt du Teutobourg. Mais elle se rendait aussi en Italie et en Grèce pour démontrer le caractère aryen des populations romaines et grecques antiques. Je me souviens que Jacques s'était attardé sur la campagne de fouilles menée par l'Ahnenerbe en 1937 le long de la Via Camonica serpentant à proximité du lac de Garde.

– Hans Spiel menait des fouilles archéologiques à Paris, en 1943, pour le compte de d'Ahnenerbe ?...

– Pour le compte de l'Ahnenerbe ou pour un compte commun, mon petit Jacques, lâche l'Africain en rangeant les clichés dans sa pochette. Spiel avait fait un deal avec Marquès-Rivière, c'est une évidence puisqu'il faisait des trous avec lui dans des caves du Vieux-Paris. Avait-il pour autant l'assentiment de l'Ahnenerbe ? Mystère et boule de gomme. En tout cas, Spiel usait d'une technique très particulière : il faisait rafler les occupants des immeubles qui l'intéressaient, sous prétexte de collaboration économique, par des équipes de la Gestapo française de la rue Lauriston. Avant de les faire libérer, il creusait en leur absence, avec Marquès-Rivière et ses sbires de la rue Greffuhle, là où il estimait devoir creuser... Plus exactement, là où des médiums l'avaient convaincu de devoir creuser.

CHAPITRE 39

Samedi 11 juin 1966

On entame la phase 2 de « l'opération toubib ».

Georges Colmant, mon bras droit, et René, son frère aîné, encagoulés, enlèvent le docteur Stienne dans le garage de sa villa de Louveciennes alors que ce dernier s'apprête à s'installer au volant de sa DS Citroën.

Coup de matraque à la base du crâne.

Poire d'angoisse, liens aux poignets, liens aux chevilles.

Ils quittent Louveciennes, le docteur recroquevillé dans le coffre du véhicule que Georges, ganté, conduit en douceur jusqu'à la petite maison loué par mes soins, sous une identité d'emprunt, près de Senlis. Une maison isolée. Dotée d'une immense cave dans laquelle, Jacques Bromy, l'Africain et moi, les attendons pour débuter l'interrogatoire de Stienne.

En milieu d'après-midi, Stienne finit par craquer.

— Je sais des choses, j'en conviens...

— Formidable, dit Jacques. On ne demande qu'à t'écouter.

— Pourquoi vous n'enlevez pas vos cagoules ?

— Pour ne pas te mettre en danger. Tu ne sais pas qui on est et c'est très bien comme ça... Si on enlève nos cagoules, tu vas voir nos visages et on ne peut pas se le permettre. On serait obligés de te liquider...

Il hoche la tête.

– Je n'assistais pas aux interrogatoires. Je mettais à la disposition de Marquès-Rivière et de Spiel une salle au sous-sol de la clinique, c'est tout.

– Tu savais que les gens qu'ils t'amenaient étaient des résistants ?...

– Bien sûr.

– Il y avait des Juifs parmi eux ?

– Oui. Des kabbalistes ou des gens liés aux kabbalistes.

– Et on leur faisait quoi aux kabbalistes et à leurs obligés ?

– Spiel les interrogeait sous hypnose.

L'Africain sort une tenaille à chanfrein de la poche droite de son pantalon. Il la glisse sous le nez de Stienne.

– Tu nous prends pour des cons et ça, vois-tu, on ne peut pas l'accepter. On va être obligés de changer de méthode. Quand je t'aurais arraché deux ou trois ongles, tu vas parler... Mais il te manquera deux ou trois ongles, plutôt trois que deux d'ailleurs, et tu auras mal, très mal. Moi, à ta place, je ne chercherai pas à nous embrouiller. Car tu te doutes bien que si on t'a fait enlever et amener ici, c'est qu'on a des billes... J'ai été clair ?

– Oui.

– Tu veux que je commence par quel ongle ?

– Pas la peine, je vais tout vous dire.

– Alors on t'écoute.

Stienne ferme les yeux.

– Ça a commencé en janvier 1943. Je parle des interrogatoires sous hypnose auxquels j'ai assisté...

Jusque-là, Stienne ne prêtait une partie du sous-sol de sa clinique aux sbires de Marquès-Rivière que pour des interrogatoires classiques. Les types qu'on lui emmenait de nuit, entravés, étaient pour l'essentiel des francs-maçons et des membres des sociétés secrètes supérieures.

– Supérieures, fait observer l'Africain. Genre la synarchie ?

Stienne secoue la tête.

– Les agents de la synarchie grouillaient dans l'entourage de Pétain et de Laval, jamais Marquès-Rivière n'aurait osé s'attaquer à eux. Ceux qu'il cherchait à débusquer, c'étaient les Supérieurs inconnus, les Illuminés nihilistes qui tiraient les ficelles de l'appareil clandestin du Parti communiste, les Grands Spartakistes qui se trouvaient derrière l'Orchestre rouge... D'infâmes loges pratiquant, dans leurs ateliers supérieurs, des sacrifices humains, maniant la glace et le feu pour bloquer les armées du Reich.

L'Africain garde le silence. Jacques tourne sa tête encagoulée vers moi. Je prends le relais.

– Visiblement, malgré vos efforts, ça n'a pas marché. En février 1943, avec Stalingrad, les carottes boches et le bœuf mode pétainiste étaient cuits.

Stienne fait la moue.

– Oui, hélas. Les Supérieurs inconnus sont très puissants...

– Revenons en janvier 1943, si tu le veux bien. C'est à partir de cette date, dis-tu, qu'ont eu lieu les séances d'hypnose avec les kabbalistes ?...

– Oui, à cause de Lydie.

CHAPITRE 40

Lydie Basténi, à l'époque, pratiquait l'hypnose sur la personne de Jean Marquès-Rivière. Pour chasser le démon tibétain qui était en lui, mais aussi pour l'aider à faire le point sur ses incarnations.

Marquès-Rivière, sous hypnose, disait avait vécu dans l'entourage de Napoléon au moment de la campagne d'Égypte. Tué au Caire, il s'était réincarné à Marseille et était devenu journaliste sous la monarchie de Juillet. Il avait couvert pour son journal l'expédition d'Alger et été mêlé au détournement d'une partie du trésor de la Régence. Mais Lydie truquait les séances, elle lui cachait des choses, enfin c'est ce que pensait Marquès-Rivière et ça lui pourrissait la vie le fait de ne pas tout savoir sur cette incarnation qui l'avait mené à s'enfuir à Londres puis à vivre, sous des identités diverses, à Paris et à Madrid. Aussi s'était-il tourné vers d'autres médiums.

— Un homme âgé et sa femme très, très jeune... Un couple qui fréquentait la librairie Orion du docteur Hourié, au cœur de Saint-Germain-des-Prés. C'est d'ailleurs Hourié qui avait recommandé ce couple à Marquès-Rivière.

— Le nom du couple ?

— Ranson... Irène et Jules Ranson. Ils possédaient un hôtel particulier rue Saint-André-des-Arts. Lui, il avait fait fortune en exploitant des mines de cuivre au Pérou.

Elle, elle était mannequin à New York quand il l'avait rencontrée et épousée pratiquement sur le champ. Est-ce que je peux aller aux toilettes ?

L'Africain lui bande les yeux et le conduit à l'étage. Nous en profitons, Jacques et moi, pour ôter nos cagoules. Nous les remettons en entendant fonctionner la chasse d'eau. L'Africain débarrasse le docteur Stienne de son bandeau dès qu'il est réinstallé sur la chaise adossée à l'établi.

— Revenons à Spiel et au couple Ranson. Ce sont eux qui menaient les interrogatoires des kabbalistes ?

— Oui.

— Tu assistais à ces interrogatoires ?

— Pas à tous. J'ai été écarté dès qu'un kabbaliste nommé Moshé Arzy a dit sous hypnose qu'il était à la recherche de Paul Loiseau...

On garde le silence. Jusqu'à ce que Jacques risque une blague à deux balles :

— Loiseau de bon augure, j'espère ?

J'interviens à mon tour.

— C'était qui Paul Loiseau ?

— Marquès-Rivière. Il s'appelait Loiseau dans son incarnation de journaliste où il avait eu des ennuis lors du détournement d'une partie du trésor de la Régence. Il était en cheville avec un général... Ce général avait un poste important en Algérie et il avait demandé à Loiseau d'affréter un navire pour transporter une cargaison qui valait une montagne d'or... C'était les mots de Moshé Arzy. Une montagne d'or. Seulement, Loiseau avait roulé le général. Le navire, un brick, devait accoster à Toulon. Il n'est jamais arrivé à destination. Loiseau l'a détourné vers Gibraltar. Puis il a fait maquiller le brick pour le revendre à des armateurs véreux... Des Génois.

– Qu'est devenue la cargaison, intervient l'Africain ? Ta fameuse montagne d'or, qu'est-ce qu'elle est devenue ?

– Je n'en sais rien. C'est à partir de là que j'ai été écarté des séances d'hypnose.

*

Nous libérons le docteur Stienne à la nuit tombée. Nous l'abandonnons en pleine forêt, après avoir accroché ses clés de voiture à une branche d'arbre.

CHAPITRE 41

La disparition du docteur Stienne a provoqué un début de panique au *Corsaire*. Lydie Basténi a tenu conciliabule pendant une petite heure, en milieu d'après-midi, avec Romy Stienne, l'épouse du docteur, Jean-Gabriel Mbayiya, l'assassin de Lumumba, et Jo le Hareng, un truand qui règne sur le marché des machines à sous à Pigalle, pilier des *Trois Canards*.

J'apprends la chose le lendemain soir de la bouche de Louise de Mol qui continue de squatter l'appartement de Chantal. Je sors d'une réunion de travail avec Georges Colmant. Mon bras droit a commencé de s'attaquer aux feuillets remis à Chantal par l'inconnu du Père-Lachaise. Les quinze premiers noms et adresses que Georges a pu vérifier sont ceux de déportés ayant passé par Drancy avant d'être acheminés vers les camps de concentration de Dachau, Ravensbrück, Buchenwald, Mathausen et Auschwitz-Birkenau. Quinze déportés étiquetés maçons, martinistes, rosicruciens ou kabbalistes...
Aucun d'eux n'a survécu à l'enfer nazi.

Moshé Arzy, en troisième position sur la seconde liste, a par contre survécu, il demeurait au 12, rue de la corderie.
Il avait figuré dans le convoi n°77 du 31 juillet 1944, parti du camp d'internement de Drancy pour la

gare de Bobigny à destination du camp d'extermination d'Auschwitz-Birkenau.

Moshé Arzy est l'un des 251 déportés du « convoi 77 » ayant gardé la vie sauve.

Arrivé le 3 août 1944 à Auschwitz-Birkenau, transféré le 27 janvier 1945 à Dachau, il a été libéré le 29 avril 1945 par l'Armée américaine.

Qu'est-il devenu depuis son rapatriement à Paris ?

Demeure-t-il toujours rue de la corderie ?

*

J'ai chargé Georges, mon bras droit, de retrouver la trace de Moshé Arzy.

Je croise les doigts pour que ce kabbaliste soit toujours en vie.

CHAPITRE 42

Le mardi 14 juin, en milieu d'après-midi, Chantal me passe un coup de fil pour me dire qu'elle doit se rendre en reportage à Reims. Elle ne rentrera pas avant jeudi. Elle me signale avoir flanqué Louise de Mol à la porte de son appartement cette nuit. Alors qu'elle se rendait aux toilettes, elle a surpris Louise en train de fouiller dans son son sac à main.

Je reste au bureau jusqu'au départ de Georges. Puis je rentre chez moi. Je me fais une omelette à l'oseille que je fais glisser avec un verre de Saint-émilion. Je termine avec un yaourt nature avant de prendre un bain chaud et de me mettre au lit.

Je m'endors en me demandant ce que Louise de Mol cherchait dans le sac à main de Chantal. De l'argent ? Autre chose ? Je cours sur une plage. Je cours après Louise de Mol et Lydie Basténi. Elles ont cherché à m'abattre avec un harpon. On sonne à ma porte.

Je suis en train de rêver mais je sais qu'on sonne à ma porte. Il faut que je me réveille et que je me lève. Sauf que je n'ai pas envie de me lever. Je suis trop bien dans mon lit. Trop, trop bien. Je me lève pourtant.

Je marche au radar jusqu'à l'interphone.

– Police, monsieur Fage... Venez nous ouvrir. De toute urgence !

– Pour quelles raisons ?

– Des raisons graves... Ne nous obligez pas à réquisitionner un serrurier !...

Je passe une robe de chambre avant de traverser la cour pavée.

– Roger Fage ?

– Oui.

– Commissaire Malvy de la brigade criminelle. Vous savez pourquoi nous sommes ici ?

– Non.

– Monsieur Fage, nous allons devoir perquisitionner votre domicile et vous demander, après l'établissement et la signature du PV de perquisition, de nous suivre... Désolé, mais vous êtes en état d'arrestation.

*

Je suis conduit au quai des Orfèvres, il est 6 heures 25 du matin.

CHAPITRE 43

On me laisse mijoter une petite heure dans un bureau sous la surveillance de deux gardiens de la paix. J'ai droit à un verre d'eau mais je ne peux pas passer de coups de fil.

– Vous n'êtes toujours pas disposé à changer de version ?

Le commissaire Malvy est entré sans bruit.

– Pourquoi changerais-je de version ? J'ai rejoint mon domicile après avoir quitté mon adjoint, Georges Colmant. Je me suis fait une omelette, je l'ai mangée. J'ai entamé un yaourt que j'ai mis un temps fou à finir, ensuite j'ai bu un verre de vin. J'étais crevé. Je me suis mis au lit. J'ai dormi comme une masse jusqu'à ce que vous me tiriez du sommeil en vous escrimant sur le bouton de mon interphone. Je n'ai rien fait d'autre. Je ne puis donc rien vous dire d'autre.

Malvy hoche la tête.

– Mademoiselle Chantal Soreau, ça vous dit quelque chose, je suppose ?...

– Évidemment. Elle est journaliste au *Monde*. Nous avons noué très récemment des liens amoureux... Elle est actuellement en reportage à Reims. Vous pouvez vérifier.

– Elle n'est pas à Reims.

– Comment ça, elle n'est pas à Reims ?

Malvy prend une chaise pour s'asseoir près de moi.

— Aulnay-sous-Bois, vous connaissez ?

— Autant que Sevran, Bobigny ou Livry-Gargan... Pourquoi ?

— Les anciens Entrepôts Généraux, près du canal, à Aulnay-sous-Bois ?

— Jamais entendu parler.

Malvy se racle la gorge.

— C'est là qu'on l'a retrouvée...

J'ai envie de hurler. Mais je parviens à me contrôler.

— Morte ?

— Non. Grièvement blessée... Deux balles dans le dos. Elle a aussi une fracture du crâne et une fracture du poignet. Elle est tombée d'une passerelle d'une hauteur de trois mètres.

CHAPITRE 44

Chantal a eu de la chance dans son malheur. Des squatteurs ont assisté à sa chute et envahi la passerelle, contraignant le tireur à se replier en hâte. De plus, elle est tombée sur un vieux matelas et des couvertures sans doute abandonnés par ces mêmes squatteurs, ce qui a eu le mérite d'amortir sa chute.

— Elle a une fracture du crâne, elle est dans le coma mais son pronostic vital n'est pas engagé. D'après le chirurgien de la Pitié-Salpêtrière qui l'a opérée, s'il n'y a pas de complications, elle peut sortir du coma d'ici une quinzaine de jours comme elle peut en sortir demain... Pour le reste, ils n'ont diagnostiqué qu'une fracture du poignet. Ses vertèbres n'ont rien. Quant aux deux balles qui ont traversé ses chairs, elles n'ont touché par miracle aucun organe vital !...

L'un des squatteurs a appelé police-secours à une heures pile du matin, depuis une cabine publique. Le tireur avait dû agir une quarantaine de minutes plus tôt, compte tenu du délai raisonnable de réactivité des squatteurs et des deux kilomètres séparant les entrepôts désaffectés de la cabine publique utilisée pour prévenir la police.

— ... Et c'est à 2 heures 33 qu'un correspondant anonyme a appelé la permanence de la brigade criminelle pour signaler qu'une journaliste du *Monde* venait d'être abattue par son amant dans un entrepôt d'Aulnay-sous-Bois... Il n'a pas cité le nom de la journaliste mais il a cité le vôtre, Roger Fage.

Je fais la grimace.

– Bref, l'homme qui a tiré sur Chantal a cherché à me mouiller... Et il y est parvenu puisque je suis ici... En garde à vue.

Le commissaire Malvy me tapote le genou.

– Une garde à vue, cher monsieur, ça se lève... Je vais appeler le parquet et signaler au substitut de permanence que cette affaire pue le montage à plein nez.

– Merci, commissaire. J'aimerais pouvoir appeler un ami, si vous m'y autorisez, pour lui expliquer ce qui est arrivé à Chantal. Il s'agit de monsieur Bernard Blanc, conseiller spécial du ministre de l'Intérieur. J'ai son numéro personnel et celui de son bureau, place Beauvau.

*

Après un passage à l'hôpital de la Pitié-Salpêtrière — où je ne suis pas autorisé à voir Chantal, qui est en réanimation —, notre frère Bernard Blanc met le cap sur l'avenue de Friedland.

L'Africain, grand insomniaque devant l'Éternel, et le Maître de la Loge des Argonautes nous y attendent.

CHAPITRE 45

J'expose ce que je sais. Je fais part de mes doutes et de mes interrogations.

Jacques Bromy est le premier à rompre le silence.

– Bon, restons pragmatiques. Chantal ne t'a pas dit la vérité lorsqu'elle t'a annoncé par téléphone qu'elle se rendait à Reims pour un reportage... Ou alors il s'est passé quelque chose entre l'annonce qu'elle t'a faite et son départ pour Reims.

Bernard Blanc intervient.

– Je peux vérifier auprès de la rédaction en chef du *Monde*. J'ai de bons contacts rue des Italiens. Ils me diront si le reportage à Reims était bidon ou non. Mon père, ça tombe bien, déjeune ce midi au Ritz avec Beuve-Méry, le fondateur du journal. Beuve-Méry est un vieil ami de mon père, ils déjeunent souvent ensemble. Je vais m'inviter à leur table. J'en profiterai pour demander à Beuve-Méry de garder le silence sur cette affaire tant que la chose sera possible...

Jacques reprend la parole.

– Au lieu d'être à Reims, Chantal se trouvait à Aulnay-sous-Bois cette nuit. Dans des entrepôts désaffectés. Qu'est-ce qu'elle fichait là ? C'est ce qu'il nous faut découvrir... Avait-elle rendez-vous avec le type qui a cherché à la tuer ? Avec un autre type que le tueur ne voulait pas qu'elle rencontre ?

Nouvelle intervention de Bernard Blanc.

– Drôle d'idée de fixer un rendez-vous, en pleine nuit, dans des entrepôts désaffectés de la banlieue nord, et drôle d'idée de s'y rendre... Ou alors c'est que le lieu veut dire quelque chose. Si vous êtes OK, je m'y colle. J'essaye de savoir à qui appartiennent ou appartenaient ces Entrepôts Généraux aujourd'hui livrés à l'abandon.

– Merci, dis-je. De mon côté, je vais mettre une équipe pour voir si l'on peut tirer quelque chose des squatteurs qui ont prodigué les premiers soins à Chantal et appelé police-secours.

CHAPITRE 46

On met trois heures à retrouver les squatteurs, éparpillés autour de la gare d'Aulnay-sous-Bois. On distribue une dizaine de billets de cent francs et on commence à y voir un peu plus clair.

Chantal est venue pour la première fois aux Entrepôts Généraux il y a trois semaines. Elle a énoncé sa qualité de journaliste, elle souhaitait prendre des photos.

C'est là qu'elle a fait la connaissance du vieux Lucien. Un ancien contremaître de chez « Mélingre Mécanique Générale », la MMG, une boite installée au Blanc-Mesnil qui aurait, aux dernières nouvelles, racheté les entrepôts désaffectés d'Aulnay-sous-Bois pour en faire une zone sécurisée afin d'y stocker du matériel sensible. Lucien vient jouer à la belote, tous les deux, trois jours, avec les squatteurs, boire un coup et parler de son fils para, mort au combat en Algérie.

– Lucien s'est pointé hier soir, pouvait être 21 heures, rapporte Antoine, qui a le même look, la même chevelure que le chanteur aux chemises à fleurs.

Antoine vend des biscuits et des bonbons sur les marchés pour payer son prochain voyage au Népal. Il compose des chansons dont aucune maison de disques ne veut mais c'est le cadet de ses soucis. Il existe alors que ceux qui se font exploiter sur les chaînes de montage, à commencer par ses parents et sa sœur, n'existent pas. L'année prochaine il se rendra de nouveau au Népal et il y restera.

– Donc Lucien s'est pointé hier soir, vers 21 heures. Il avait normalement quelque chose à remettre à Chantal, si j'ai bien compris.

– Ouais. Mais il y avait eu un contre-temps.

– Quel contre-temps ?

– Un truc grave vu qu'il avait la trouille et qu'il regardait tout le temps derrière lui. Il m'a simplement dit : « C'est pas la peine que je revienne à 23 heures pour rencontrer la môme vu que j'ai rien à lui remettre. Ce qu'elle m'a demandé, je ne l'ai plus. On me l'a volé chez moi. Dis-lui qu'elle m'oublie pendant quelque temps... Dès que j'ai du nouveau, c'est moi qui la contacterai comme l'autre fois. »

– Ensuite ?

– On a bouffé des saucisses. On a allumé un feu de camp pour les faire griller. On a bu des bières et on a joué de la guitare et de l'harmonica... C'est là que Chantal s'est pointée. Il était 23 heures pile. Elle a garé sa Simca 1000 au pied de la passerelle et elle a grimpé l'escalier métallique pour nous rejoindre, vu qu'on avait allumé notre feu de camp dans la partie haute. Elle était à mi-passerelle quand on a entendu claquer deux coups de feu. On l'a vue s'écrouler. On a couru vers elle et on a vu un mec s'installer au volant de sa Simca 1000 et se barrer.

Je me gratte le front.

– Vous avez appelé police-secours à une heure du matin, très exactement... Vous avez donc laissé Chantal sans soins pendant près de deux heures ! Vous pouvez m'expliquer pourquoi ?

– Ouais. Si on n'avait pas fait ça, elle serait morte... On a suivi les instructions du chaman, mon pote, et c'est grâce au chaman si ta copine est encore en vie.

CHAPITRE 47

Le chaman a fait sa première apparition aux Entrepôts Généraux l'hiver dernier. Il était de passage à Aulnay, il venait de Calcutta. Il leur avait parlé de l'Inde, du Népal, du Tibet, du Mexique où il lui arrivait de se rendre quand il en avait marre de la France.

Le chaman a une gueule de baroudeur, taillée à la serpe, une longue et épaisse tignasse blanche, une écharpe rouge et un feutre à larges bords, voilà pour le portrait-robot. Il a aussi un beau brin de voix, il connaît par cœur les chansons de Bruant. Il avait dit en partant, après avoir poussé la chansonnette en hommage à Nini-Peau-d'chien, qu'il reviendrait probablement au printemps... Et il s'était pointé hier soir. Juste après le départ du vieux Lucien.

— Et il a fait quoi, le chaman, quand Chantal s'est écroulée sur la passerelle ?...

— Il a couru vers elle, il a plongé ses doigts dans les plaies en psalmodiant des incantations silencieuses, les yeux comme révulsés. Ses lèvres bougeaient mais on n'entendait aucun son. Fallait voir ses mains, mon pote. Elles dégageaient des espèces de cercles concentriques colorés qui faisaient comme un dôme translucide parcouru par des sortes de veinules gorgées d'énergie ! J'essaye de traduire ce que j'ai vu et ressenti sur le coup, sauf que c'est pas racontable, faut le voir, c'est tout. Un truc de dingue. Du chamanisme, quoi... Au Népal j'ai vu des trucs qui défient l'entendement mais pas d'un tel niveau !

Je me contente d'opiner du chef.

— Quand il a retiré ses doigts des plaies, poursuit Antoine, l'hémorragie était stoppée. Le chaman paraissait épuisé. Mais il souriait... « Elle est sauvée, il a dit. Laissez-la tranquille. Surtout ne la touchez pas. N'appelez pas la police avant une heure du matin. J'ai fait en sorte qu'elle ne reprenne pas connaissance avant une dizaine de jours. Le temps que l'orage qu'elle a déclenché à son corps défendant s'apaise... Et puis, tant qu'elle sera hospitalisée, sous protection policière, elle ne risquera rien. » Et il est parti, le chaman. Sans rien dire de plus. Et on a fait comme il nous l'avait demandé. On a attendu une heure du mat' pour appeler les flics.

*

Lucien demeure place Jeanne d'Arc, Antoine le ravitaille régulièrement en bonbons et biscuits.

Son nom — Lucien Dromier — figure sur la boite aux lettres de l'ancien magasin de jouets que tenait sa femme, décédée des suites d'un cancer du sein l'année dernière. On a beau s'exciter sur le bouton de sonnette, personne ne vient nous ouvrir.

— Pas grave, dis-je. Il finira bien par te donner de ses nouvelles.

— Sûr, dit Antoine. Et je te le ferai aussitôt savoir, tu peux compter sur moi, mon pote...

Je viens de lui griffonner le numéro d'appel de l'agence Fage sur mon paquet de Gauloises vide dans lequel j'ai glissé deux billets de cent francs, pliés avec une lenteur calculée, pour le dérangement à venir.

CHAPITRE 48

Je reviens à Aulnay-sous-Bois en pleine nuit avec Georges Colmant. Nous escaladons le mur du jardin à l'abandon, place Jeanne d'Arc. La porte de la véranda est ouverte.

A l'intérieur de la maison un capharnaüm incroyable se découpe sous le faisceau de nos lampes-torches. Plus une plante verte n'est en position verticale. Les pots ont été jetés au sol, il y a de la terre partout. Les tiroirs des meubles ont été vidés et empilés sur les tables du salon et de la salle à manger. La cuisine n'a pas été épargnée, ni la réserve où devaient être stockés les jouets invendus.

On piétine des poupées, des petites voitures, on marche sur des épaisseurs de verre brisé et de porcelaine en miette.

Dans les chambres à coucher, les matelas sont éventrés, les tables de nuit pulvérisées. Partout, de la laine cardée et des plumes d'oreiller. Sur le palier et les marches de l'escalier qui mène au grenier, des photographies de soldat... Le fils de Lucien, apparemment. Prises dans le djebel. Béret rouge, tenue de combat. Je les ramasse.

L'une d'elle retient mon attention. Elle a été prise ici, devant la vitrine du magasin de jouets. Le para, béret à l'épaule, entre ses parents, je suppose. Le père, souriant, la mère claquant une bise à son fils.

Le père... Il figure sur l'un des quatre clichés photographiques que contenait l'enveloppe remise à Chantal par l'inconnu du Père-Lachaise.

Lucien !

Lucien Dromier.

*

On fait un crochet par les Entrepôts Généraux. Antoine est en train de composer une chanson, un peu à l'écart d'un groupe de fumeurs d'herbe. Je lui mets la photo sous le nez.

— Tu connais ?

— Évidemment. C'est Lucien.

Antoine maintenant cale sa guitare sur ses genoux.

— Tu l'as piquée où cette photo ?

— Chez Lucien.

— Il est rentré au bercail ?

— Non. Vaut mieux pas... Tout est cassé chez lui. Ceux qui le cherchent risquent de lui réserver un sort qui n'a rien d'enviable, crois-moi... C'est mon boulot de fourrer le nez dans des trucs pas nets, je sais analyser une situation, Antoine... Et ça n'augure rien de bon ce que je viens de voir place Jeanne d'Arc... Le mec qui a foutu un souk pareil veut lui faire la peau à Lucien, ouais, carrément la peau !

Antoine caresse le manche de sa guitare avant de plaquer deux accords.

— C'est le mec qui a allumé Chantal, hein ?

— Y a de grandes chances.

— T'as besoin d'un coup de main ?

— Pas pour l'instant... Mais si la situation s'aggrave, je te fais signe, promis.

Il éclate de rire.

— Si la situation s'aggrave ?... Tu es du genre rassurant, mon pote. Une journaliste qu'on a vue deux fois se prend deux bastos dans le dos, Lucien disparaît...

Tu la vois comment, toi, la situation dans les jours qui viennent ? Plutôt cool ? Style un avion de ligne s'abat négligemment sur la passerelle ou deux ou trois bombes explosent sous nos pieds rien que pour nous tenir éveillés ?...

CHAPITRE 49

Je me couche en rentrant.

Je flâne au lit jusqu'à midi. Je passe l'après-midi à courir les bouquinistes pour tenter de me changer les idées.

Je reviens à Aulnay-sous-Bois avec Georges Colmant en début de soirée. Antoine n'a aucune nouvelle de Lucien. Il a fait le tour des bistrots où l'ancien contremaître de la MMG a ses habitudes. Personne n'a vu Lucien depuis deux jours.

Au sortir des Entrepôts Généraux, je demande à Georges de longer le canal et de prendre de nouveau la direction de la place Jeanne d'Arc.

J'ai l'impression d'être passé à côté de quelque chose, la nuit dernière, lors de notre visite domiciliaire impromptue. Je ne m'attendais pas à découvrir un tel boxon chez Lucien Dromier.

J'ai surtout été déstabilisé par la découverte de la photo de Lucien, de sa femme et de son fils. Mais, à la réflexion, c'est logique. Cette photo m'a permis de faire le lien entre Lucien Dromier et la remise de l'enveloppe à Chantal par l'inconnu du Père-Lachaise... Comment ne pas être déstabilisé par une telle découverte ? Si j'ajoute à cela le besoin de quitter au plus vite la maison en désordre pour entendre Antoine confirmer ce que je pressentais, à savoir que l'une des sorties de la nasse dans laquelle on m'a enfermé passe par Lucien Dromier, je n'ai aucune raison de regretter d'avoir quitté précipitamment l'ancien magasin de jouets pour mieux y retourner.

*

On refait le même parcours qu'hier.

Le jardin à l'abandon, la véranda, le rez-de-chaussée, les chambres, le grenier, la cave.

*

On tombe nez à nez en remontant de la cave avec un type qui se tient dans l'encadrement de la porte du salon et braque sur nous un fusil de chasse. Son visage, je le connais et pour cause ! Il figure, comme Lucien Dromier, sur l'un des quatre clichés remis à Chantal par l'inconnu du Père-Lachaise.

– Le premier des deux qui bouge, y est mort...

– Vous êtes un ami de Lucien ?

– Ta gueule !

Le type recule lentement sans cesser de braquer son fusil. Il nous fait signe de prendre place sur le canapé avant de nous lancer deux cordelettes.

– On veut juste parler à Lucien, dis-je.

– Ta gueule ! Occupe-toi plutôt d'entraver les poignets de ton copain... Allez ! Magne-toi !

Je fais mine de me pencher sur Georges avant de plonger sur ma droite. La première décharge de chevrotine passe à quelques centimètres de mon épaule. La deuxième dégomme un vase. Georges a pris le relais, balayage des deux jambes. Le type se retrouve les quatre fers en l'air. La crosse du fusil lui entame l'arête du nez. Il pousse une flopée de jurons.

*

On lui a ôté son pull et sa chemise.

On l'a ficelé sur une chaise ramenée de la cuisine.

— Si on était des méchants, dit Georges, on t'ouvrirait le bide et on regarderait tes entrailles se déverser sur tes genoux... Seulement, on est des gentils, alors on va laisser ton bide tranquille ! On veut juste causer avec Lucien.

Je prends le relais.

— Des gens veulent attraper Lucien pour lui faire la peau... Il faut me croire car ils ont voulu faire la même chose à une amie à moi, Chantal Soreau, journaliste au *Monde*. Ils lui ont collé deux balles dans le dos. Elle lutte actuellement contre la mort à l'hôpital de la Pitié-Salpêtrière... Chantal avait rendez-vous aux Entrepôts Généraux avec Lucien qui devait lui remettre quelque chose... J'ai besoin de comprendre pourquoi Lucien n'est pas venu. Je suis même prêt à assurer sa protection.

CHAPITRE 50

On roule vers Trappes, arrondissement de Versailles.

Benoît Jeudy demeure dans cette ville. Benoît est l'homme au fusil de chasse qui a failli me tuer tout à l'heure, c'est un vieux camarade de travail de Lucien Dromier. Il a été contremaître, douze années durant, chez Mélingre Mécanique Générale, au Blanc-Mesnil.

Benoît Jeudy demeure dans une zone pavillonnaire où il vit, depuis son divorce, avec cinq épagneuls bretons, six chats angoras et un lapin blanc apprivoisé. Sans compter Lucien qui s'est invité hier soir dans son pavillon, arrivé au volant de sa 4 L, et vient de prendre place en face de moi pour casser la graine sans chichi, comme dit Benoît. Patates au four, pâté de campagne, fromage blanc. Arrosés de rouge venu des Corbières.

— Bon, puisque j'ai l'impression que c'est à moi de commencer, je commence, dit Lucien Dromier. Je suis désolé de ce qui est arrivé à Chantal Soreau... Je ne pensais pas qu'ils iraient jusque-là.

— « Ils » ?...

Benoît est occupé à remplir mon verre.

— C'est moi qui aurait dû commencer vu que c'est moi qui ai envoyé Chantal Soreau chez Lucien... Si tu es d'accord pour que je prenne le relais, Lucien, je m'y colle.

– Fais comme chez toi, rigole celui que Benoît nous a présenté comme étant « le fugitif ».

Verres remplis, bouteille posée sur le buffet, notre hôte commence par ce qu'il appelle le vrai commencement. Mélingre Mécanique Générale. La boîte où il a passé trente-cinq ans de sa vie.

– J'y suis entré en 1929, j'avais trente ans. C'est le « père Achille » qui m'a embauché. Achille Mélingre, le fondateur. La MMG ne comptait que vingt ouvriers à l'époque. J'étais ajusteur-monteur et le père Achille m'avait fait miroiter un avancement rapide. Et c'est vrai que je suis très vite devenu chef d'équipe. Après la guerre, je suis devenu contremaître. En 1946, l'effectif avait été multiplié par dix. Ouais, MMG comptait désormais deux cents ouvriers, cinq contremaîtres, un chef d'atelier, un ingénieur. Lucien ici présent nous a rejoint, il venait de chez Renault en tant que fraiseur-outilleur. Ma fille Julie, sténo-dactylo, a été embauchée au secrétariat l'année de ses dix-huit ans, en 1948. Pour son malheur...

Benoît étouffe un sanglot.

– ... Monsieur Robert, le fils du patron, lui a très vite tourné autour. Elle s'est retrouvée enceinte. Mais il a été correct, si je puis dire. Il l'a épousée. Hélas, elle a perdu son enfant trois mois après la naissance. Le père Achille a cédé sa boîte à son fils, Monsieur Robert. Mon nouveau patron était donc mon gendre. Ça m'a valu d'être chambré par les ouvriers qui avaient plus d'ancienneté que moi, heureusement ils n'étaient pas nombreux. Ma fille Julie est devenue directrice commerciale. C'est pas parce que c'était ma fille, mais Julie était une vraie femme d'affaires. En 1952, elle a dégoté des marchés avec la Belgique, l'Autriche et l'Allemagne. Grâce à elle, la société MMG s'est encore agrandie. Mais sur un plan plus personnel, elle était frustrée de ne plus parvenir à avoir d'enfant. Son couple battait de l'aile. Elle soupçonnait son mari d'avoir une maîtresse. Elle l'a fait suivre par un détective privé comme vous, un gars de l'agence Borniche.

– Je connais, dis-je.

– Elle a réussi à avoir des preuves de l'adultère dont elle était victime, des photos de son mari bécotant sa maîtresse dans une bagnole, d'autres à la sortie d'un hôtel, la maîtresse en question étant une jeune comptable fraîchement embauchée au Blanc-Mesnil. Elle lui a mis les photos sous le nez et il a très mal pris la chose, Monsieur Robert. Pas question pour lui de divorcer, il a été chez les Jésuites pour ses études, c'est un catholique pratiquant... Bref, ma fille Julie a accepté de prendre un appartement séparé, dans le seizième arrondissement de Paris, en échange d'une BMW neuve et d'un million de francs d'argent de poche !

– Sans démissionner de son poste de directrice commerciale ?

– Bien sûr... D'autant qu'elle avait des parts dans les deux usines belges dont je vous ai parlé, SOMINOR, installée à Tournai, spécialisée dans la fabrication de machines-outils et CARMITEX, installée à Jumet, près de Charleroi, spécialisée dans la fabrication de métiers à tisser... Mais comme elle n'avait plus trop envie d'avoir son mari dans les pattes, elle passait le plus clair de son temps en Belgique. C'est là qu'elle a découvert, dans les années 54-55, ce qu'elle n'aurait pas dû découvrir... Des gens, chez CARMITEX, faisaient de drôles d'heures sup' dans son dos.

CHAPITRE 51

– Des heures supplémentaires ?

Lucien hoche la tête en étalant du pâté sur le quignon de pain qu'il vient de couper.

– Oui... Des chefs d'équipe et un contremaître travaillaient de 22 heures à minuit, un soir sur deux, dans l'atelier B. Ils exécutaient des commandes très particulières qui les changeaient des métiers à tisser. Des commandes de chargeurs et de percuteurs pour des pistolets mitrailleurs et des mitrailleuses.

Je mets quelques secondes à réaliser.

– Ils travaillaient pour le gouvernement belge ?

– Pour l'OTAN.

– Julie a découvert ça... Et elle en a parlé à son mari ?

Lucien secoue la tête.

– Je vous ai dit que ma fille était intelligente, elle a gardé ça pour elle, mais comme elle avait des relations, elle est allée frapper à certaines portes à Paris, en haut lieu, qui intéressaient la défense nationale. On lui a demandé de faire comme si elle n'avait rien remarqué d'anormal. Simplement, elle devait photographier certains bordereaux, certaines factures et remettre ses « travaux » à un « contact »... Un contact parisien. Un homme qui travaillait dans l'immobilier. Monsieur Charles Soreau, le père de Chantal.

Les percuteurs et chargeurs qui sortaient de l'atelier B de la CARMITEX, à Jumet, banlieue de

Charleroi, commandés par une société-écran au service de l'OTAN, prenaient la direction d'Anvers. Ils servaient à l'assemblage d'armes acheminées vers l'Afrique noire et l'Amérique du Sud.

En 1956, certaines pièces sortant de l'atelier B présentaient des défauts qui n'étaient pas décelables à l'œil nu. Volontairement mal usinées, elles rendaient à court terme inutilisables des lots complets de pistolets-mitrailleurs et mitrailleuses à destination du FLN, le front nationaliste algérien en guerre contre l'armée française. Appelées à s'enrayer très vite, ces armes étaient assemblées dans un entrepôt de Mons, transportées par conteneurs à Anvers puis embarquées à bord d'un cargo.

Déchargées à Alger, elles rejoignaient les maquis FLN des Aurès et de Haute-Kabylie, d'après Charles Soreau.

Pendant que Benoît Jeudy poursuit ses confidences, je me dis que le père de Chantal n'avait jamais cessé de travailler pour les services spéciaux français. Ancien de la DGER, il avait rejoint le SDECE et « traité » Julie, la fille de Benoît Jeudy. La fin de la guerre d'Algérie n'avait pas mis un terme à leur collaboration, la CARMITEX ayant continué de travailler pour l'OTAN.

Mélingre Mécanique Générale du Blanc-Mesnil était entrée dans la combine en janvier 1954. Des éléments sûrs de MMG — dont Lucien Bromier — avaient été approchés par Monsieur Robert pour faire des heures sup' d'un genre particulier. Fabriquer de nuit des pièces très spéciales, classées « secret défense », toujours selon Monsieur Robert. Là encore, Charles Soreau, le père de Chantal, s'était invité dans la danse à la demande de la fille de Benoît Jeudy qui faisait semblant de jouer l'apaisement avec son mari pour mieux le doubler. Il avait approché Lucien Bromier.

— Il m'a demandé de servir la France, intervient Lucien. J'ai tout de suite accepté. Mon fils étant mort pour la patrie, je ne pouvais que prendre des risques à mon tour...

— En faisant quoi ?

— En photographiant les pièces et quand c'était possible les plans d'assemblage des pièces que Monsieur Robert me demandait d'usiner.

— Ça ne devait pas être facile ?

Lucien ricane.

— Si. Ma montre dissimulait un appareil photo miniature que je déclenchais en appuyant sur la boucle du poignet... J'avais largement le temps de faire le job. Ce qui était plus compliqué, c'était les changements de montre. Je remettais celle qui avait servi et on m'en remettait une autre tout aussi semblable. Les rendez-vous m'étaient donnés par téléphone. Dans un bistrot parisien... Jamais le même. Un faux marchand à la sauvette me proposait un lot de montres et je faisais semblant de choisir. Le type devait être un magicien professionnel comme on en voit à la télé... Il ôtait ma montre en plus de temps qu'il n'en faut pour vous raconter la chose et m'en remettait une autre au poignet sans que je m'en rende compte.

— Et ça a duré jusque quand ?

— Jusqu'à mon départ en retraite. En mai 1963.

— Vous n'avez plus revu monsieur Charles Soreau après cette date ?

– Non. La dernière fois qu'il m'a tapé sur l'épaule, c'était dans un PMU de Gonesse, quinze jours avant la quille, il m'a remercié pour ma disponibilité au service de la nation et il m'a remis cette montre en souvenir.

Lucien exhibe avec fierté la Cartier qui orne son poignet droit.

– Par contre, sa fille, Chantal, s'est pointée chez moi l'année dernière, à la mi-mai. Elle m'a dit que son frère avait été assassiné en juin 1964 parce qu'il s'intéressait aux heures sup' de la MMG et que son père était décédé en octobre de la même année, soi-disant d'une crise cardiaque, mais qu'elle ne croyait pas à la version de l'hôpital... J'ai été enclin à la croire car Julie venait justement de mourir dans un accident de voiture.

CHAPITRE 52

Benoît Jeudy s'efforce de dissimuler ses larmes, il tourne la tête vers la porte.

— Julie s'est tuée au volant de sa BMW sur l'autoroute A1 le dimanche 4 avril 1965... Elle se rendait chez sa mère qui, depuis notre divorce, vit à Bruxelles, dans un appartement donnant sur la Grand-Place. Julie a perdu le contrôle de sa BMW à hauteur de Senlis, elle a fait plusieurs tonneaux et s'est encastrée sous un camion luxembourgeois...

Il renifle.

— ... J'ai flairé l'embrouille quand j'ai demandé à voir la voiture. Elle avait été remisée dans un garage dont le peloton autoroutier de CRS qui s'est occupée de la procédure d'accident n'a pas pu me donner le nom ni l'adresse... Ensuite quand la compagnie d'assurance a pu me les donner, c'était pour m'annoncer que la BMW de ma fille avait été mise par erreur à la casse... Et détruite le lendemain, toujours par erreur.

Toute la rage du monde semble concentrée dans le regard de Benoît.

— Quand Chantal Soreau est venue me voir, je l'ai non seulement reçue mais écoutée... Elle était au courant de l'accident de ma Julie. Elle avait appris que Monsieur Robert avait sabré le champagne, le lendemain de la mort de ma fille, avec un fournisseur de la CARMITEX ayant travaillé pour les services français au Liban.

— Chantal Soreau enquêtait sur CARMITEX ?

– Sur CARMITEX et la MMG. Chantal avait su mobiliser d'anciennes taupes de son père et de son frère. Elle s'était mise aux trousses de mon gendre et elle en avait appris des vertes et des pas mûres sur lui... L'enfoiré fréquentait des calls-girls et des clubs à partouzes du côté d'Ostende. Il voyageait aussi beaucoup. Liban, Syrie, mais surtout Israël...

Le Liban et la Syrie, d'après Chantal, c'était pour blanchir l'argent de ses trafics avec Israël. Car l'essentiel des pièces fabriquées par la CARMITEX n'avait plus rien à voir avec les métiers à tisser que celle-ci fabriquait dans les années quarante et cinquante ni avec les percuteurs et chargeurs astucieusement sabotés à destination du FLN. Les commandes venues de Jérusalem et Hébron concernaient la fabrication et l'assemblage de pièces servant à la propulsion de sous-marins nucléaires.

La « taupe » de Chantal au sein de la MMG était le contremaître qui avait succédé à Benoît. On le surnommait « le Grand » à cause de ses 2 mètres 07. Il avait été formé par Lucien et demeurait à Aulnay-sous-Bois, près de la gare. Lucien, contacté par Benoît, avait accepté de servir de boite aux lettres. Chantal souhaitait obtenir des pièces de montage, carrément. Des pièces usinées par le Grand. Afin de pouvoir fournir à la direction de son journal les preuves matérielles que celle-ci lui réclamait avant d'accepter de publier sa série d'articles.

CHAPITRE 53

On quitte Trappes à 22 heures, après avoir réceptionné les deux gardes du corps dépêchés par Jules l'Africain pour assurer la sécurité de Benoît Jeudy et du « fugitif ».

Je dépose Georges Colmant chez lui, rue Laugier, puis je file chez Jacques Bromy. Le majordome me conduit dans le cabinet de travail du Maître de la Loge des Argonautes. L'Africain est présent, en train de feuilleter le manuscrit original d'un traité alchimique du XVIIᵉ siècle, attribué au Cosmopolite.

– Mes gus font l'affaire ?

– Oui.

– Parfait. On a hâte de t'entendre, mon petit Roger. Ne sois pas avare de détails... D'après ce que tu as raconté à Jacques au téléphone, tu as frôlé la mort en remontant de la cave !

Je raconte ce que j'ai vu et appris à Aulnay-sous-Bois et à Trappes. Jacques et l'Africain m'écoutent sans m'interrompre. Jacques prend même des notes et quand j'ai terminé, il réagit.

– Les Entrepôt Généraux d'Aulnay-sous-Bois ont été rachetés l'année dernière par ton Robert Garcia dit « Monsieur Robert », frérot. A noter que Garcia figure sur l'un des quatre clichés que tu nous as montrés, remis à Chantal par l'inconnu du Père-Lachaise. C'est ce même Garcia qui est PDG de la société SOMINOR, installée à Tournai, et de la société CARMITEX, installée à Jumet, près de Charleroi. Du côté des administrateurs et administratrices de CARMITEX, on a John Morrison Junior et, jusqu'à son décès, Julie Garcia épouse de Robert Garcia, née Jeudy, mais aussi Lydie Basténi et Irène Ranson, la médium censée avoir remplacé Lydie Basténi lors des séances au sous-sol de la clinique du docteur Stienne, tout au long de l'année 1943. Même organigramme pour la MMG. Robert Garcia, Irène Ranson, toujours domiciliée à Paris, rue Saint-André-des-Arts, qui figure également sur l'un de tes quatre clichés du Père-Lachaise. Et l'inévitable Lydie Basténi et son âme damnée John Morrison Junior... Toutes ces fripouilles sont mêlées de près aux activités de la CARMITEX et la MMG, deux sociétés qui travaillent pour la même puissance étrangère... L'État israélien.

L'Africain fait la grimace.

– Tu as des nouvelles de Chantal ?

– J'ai appelé l'hôpital juste avant de venir. Son état est stationnaire. Le chirurgien qui l'a opérée est plutôt optimiste.

– Tant mieux. Sa Simca 1000 a été retrouvée ce matin, incendiée, sur un parking de Sevran. Notre frère Bernard a fait placer trois flics à l'entrée de la chambre de Chantal et un autre à l'entrée du couloir... Là-bas, au moins, elle ne risque rien. Sauf s'ils attaquent le service réanimation au bazooka pour faire diversion pendant qu'un bombardier décolle de Villacoublay...

A mon tour de faire la grimace.

– Ce sont les services français qui veulent la peau de Chantal ?

L'Africain remet le traité alchimique en place.

– Les Américains, les Israéliens, les Français ne peuvent pas la saquer, ça c'est sûr. Mais depuis une petite demi-heure, frérot, sache que le ministre de l'Intérieur Roger Frey et Jacques Foccart, le monsieur « coups tordus » de l'Élysée, sont dans le bureau du Général... Et m'est avis que les murs doivent trembler à l'Élysée. Je croise les doigts pour que les sbires de Foccart soient priés d'arrêter de pourrir la vie des agents du SDECE qui ne pensent pas comme eux et répugnent à travailler avec d'anciens nazis et collabos du genre Lydie Basténi.

Je crois comprendre.

– Bernard Blanc ?...

– Il était temps d'arrêter le massacre, Roger... Bernard a bien fait de prévenir son ministre de tutelle. Une journaliste du *Monde* dans le coma. Une administratrice de sociétés tuée en avril 1965 suite au sabotage du circuit de freinage de sa BMW. Un contremaître de chez MMG, surnommé « le Grand », découvert pendu hier matin à son domicile... Tout ça après l'assassinat de deux agents contractuels du service 7 du SDECE et d'un honorable correspondant nommé Charles Soreau, issu des rangs de la Résistance.

– Le père de Chantal aussi, ils l'ont assassiné ? Soupir de l'Africain.

– Au curare, d'après ce que j'ai pu apprendre. Une minuscule piqûre sous l'ongle pendant qu'on lui changeait sa perfusion.

CHAPITRE 54

Ce n'est décidément pas une soirée comme les autres.

Après avoir arrêté ma voiture à l'entrée de la cour pavée de mon domicile, je m'apprête à refermer derrière moi les lourds battants de la porte cochère quand je vois sa silhouette s'extraire de la nuit.

– Bonsoir, monsieur Fage. Il n'y a pas d'heure pour les braves, dit-on...

Jacques Bergier, alias « Cardan ».

– ... Je suis venu vous apporter quelques précisions au sujet de Moshé Arzy que votre agence semble rechercher et qui a demeuré, avant-guerre, rue de la corderie.

– Soyez le bienvenu, monsieur Bergier.

Jacques Bergier me regarde garer ma voiture avant d'escalader avec moi les marches du perron puis de me suivre au salon.

– Moshé Arzy a appris ce qui est arrivé à mademoiselle Soreau et il m'a chargé de vous dire qu'il est intervenu pour que l'on abandonne toute idée de représailles contre elle...

Je n'en crois pas mes oreilles.

– Où est-il ?

– Il y a une demi-heure, il était chez moi. Mais il ne reste jamais longtemps à la même place. Peut-être sera-t-il demain à Londres. Ou à Madrid. Ou à Bruxelles. Disons qu'il est souvent entre Tel Aviv où il réside et Paris qui est resté sa capitale d'adoption malgré les tortures qu'il y a subies et l'assassinat de sa femme et de sa fille par la Gestapo de la rue Lauriston.

Je nous fais une infusion menthe-réglisse.

Je la sers brûlante comme le souhaite Bergier.

– Sans-doute brûlez-vous d'envie de me demander la nature des liens qui me lient à Moshé Arzy ?...

Je me contente de sourire en soufflant sur mon bol.

– ... J'ai connu Moshé Arzy à l'époque de ma rencontre avec Marcel Anad et Fulcanelli. Nous étions terrifiés par la montée du nazisme. Nous partagions la même passion pour les mathématiques, la physique, la chimie, la kabbale et... l'alchimie. Je travaillais pour Helbronner, comme vous le savez, monsieur Fage. Moshé rentrait de Stanford, la fameuse université de Californie. Sa femme, Sarah, était restée à Chicago, d'où elle était originaire. Mathématicienne de génie, elle était l'assistante d'un savant nommé Fermi qui pensait que la fission explosive de l'uranium était capable, en développant de très hautes températures, d'entraîner une réaction de fusion dans l'hydrogène lourd. Sarah, hélas, eut la malencontreuse idée de rejoindre Paris en février 1939. Elle poursuivit seule, chez elle, sous l'œil admiratif de son mari, ses travaux sur la bombe A, basée sur la fission, tout en explorant la piste de la fusion, débouchant sur la bombe H. En février 1944, Sarah fut arrêtée avec sa fille Rachel par la Gestapo de la rue Lauriston. Toutes deux furent torturées, égorgées et enterrées dans un terrain vague d'Asnières, paraît-il. Leurs corps ne furent jamais retrouvés. Revenu d'Auschwitz-Birkenau en juin 1945,

Moshé Arzy quitta Paris pour Chicago en janvier 1946. Il rejoignit l'équipe de Fermi à l'université de Chicago. Cinq ans plus tard, il participait, aux îles Marshall, à l'opération *Greenhouse*, expérience thermo-nucléaire sur laquelle je ne sais pas grand-chose. En novembre 1952, il se trouvait sur l'îlot d'Elugelab avec ceux qui avaient contribué à construire, autour d'une bombe A, une véritable bombe H, enfermée dans une construction cubique de huit mètres de côté. L'explosion allait s'avérer cinq fois plus forte que prévu. Au terme de l'explosion, l'îlot d'Elugelab fut rayé de la carte, il disparut de la lagune d'Eniwetok, faisant place à un cratère de deux kilomètres. Et en mars 1953, fort du succès de l'opération *Ivy*, Moshé Arzy refit surface à Paris. Je le croisai, un beau matin, boulevard Saint-Germain. Nous nous étreignîmes avec l'émotion que vous pouvez imaginer...

*

Moshé Arzy n'était par hasard à Paris en mars 1953, il confia à son ami Jacques Bergier que les Français galéraient à Saclay, le centre de recherches nucléaires ouvert en 1949. Faute de connaissances, d'installations et de crédits suffisants, nos physiciens ne parvenaient pas à dépasser le stade du bricolage. A l'inverse des Français, les Israéliens détenaient le savoir-faire de l'arme atomique mais ne disposaient d'aucune structure digne de ce nom. Aussi les Américains avaient-ils décidé de faire d'une pierre deux coups.

Les Israéliens apporteraient leurs connaissances aux Français tandis que les Français offriraient leurs structures aux Israéliens. Le tandem voulu par la Maison Blanche et le Pentagone assurerait la réalisation d'une bombe atomique commune à Paris et à Jérusalem.

Et le 13 février 1960 *Gerboise blanche* fut mise à feu sur le site d'essai nucléaire de Reggane, dans le Tanezrouft, au centre du Sahara, alors territoire français rattaché à l'Algérie dont le comte Alphonse Henri d'Hautpoul avait été le gouverneur général du 22 octobre 1850 au 10 mai 1851.

D'une masse totale semblable à celle de la bombe *Fat Man* larguée sur Nagasaki, *Gerboise blanche* libéra une puissance trois fois supérieure à celle de sa sœur américaine, entraînant des retombées radioactives dans une zone de cent kilomètres de long et deux cents kilomètres de large. En présence de quelques journalistes français auxquels on avait demandé de s'asseoir au sol, de tourner le dos à l'hypocentre (point zéro) et de replier les bras devant leurs yeux garnis de lunettes de protection.

CHAPITRE 55

– Depuis le début des années cinquante, souligne Bergier, la France s'avère être la principale source d'approvisionnement en armes d'Israël. Mais il faut garder à l'esprit le fait que ce sont les Américains qui financent la production française de matériel militaire...

Il sourit.

– ... Les liens entre l'armée française et Tsahal, l'armée israélienne, deviennent de plus en plus étroits. Des frégates israéliennes mouillent dans la rade de Toulon avec la même facilité qu'à Haïfa. Un accord d'assistance a été conclu, avec la bénédiction de l'OTAN, entre le SDECE et le Mossad, les services secrets d'Israël... Le sale boulot que le SDECE ne peut pas ou ne veut pas faire, c'est le Mossad qui le fait à sa place ! Et vice-versa...

Je comprends mieux ce qui s'est passé ces dernières semaines sur le sol français. Mais je garde ça pour moi. Je me contente de souffler sur mon bol.

– ... En juin 1955, l'osmose était telle entre Paris et Jérusalem que Shimon Peres, directeur général du ministère de la Défense israélienne, installa son bureau à Matignon à côté de celui du Premier ministre français. A la demande des Américains, la France s'apprêtait à vendre à Israël un réacteur plutonigène et une usine d'extraction du plutonium, sur le modèle de notre usine de Marcoule dont les Israéliens allaient conduire le démarrage étant donné notre incapacité à la démarrer nous-mêmes !...

Bergier pose son bol vide.

– ... Le chantier de l'installation de l'usine israélienne d'extraction du plutonium démarra en 1956 dans le désert du Néguev, au prétexte de la construction d'une usine de textile. Un certain Robert Garcia, patron de la CARMITEX, usine belge soi-disant spécialisée dans la fabrication de métiers à tisser, était sur place...

Et Bergier de se lever pour prendre congé.

– ... Inutile de vous dire combien Moshé Arzy déplore la tournure qu'a prise la coopération nucléaire entre la France et Israël depuis un certain temps et le dévoiement, sous la pression de l'OTAN, dans lequel d'aucuns ont précipité certains services du Mossad et du SDECE, comme le service 7... Moshé entretenait des relations plus que cordiales avec Charles Soreau et son fils Christian, passionnés de spiritisme et d'alchimie, qui avaient sécurisé, sur ordre du ministère de la Défense et à la demande de Shimon Peres, certains de ses séjours parisiens. Aussi, quelques semaines après que Pierre Bron, alias J.R. Bright, se soit vanté, en ma présence, lors d'un dîner en ville, d'avoir remis au Fleuve noir le tapuscrit de *La figurine magique*, caricaturant les pionniers de l'atome à travers une certaine Sarah, personnage principal du roman, Moshé s'est tourné vers les Soreau père et fils pour qu'ils récupèrent le tapuscrit chez l'éditeur. Il n'a pris le temps de le lire que très récemment... Il n'y a rien trouvé d'offensant envers Sarah. Il a donc réexpédié ce tapuscrit au Fleuve noir par la poste.

Me broyant la main, le petit homme aux grosses lunettes ajoute :

– Moshé entretient également d'excellentes relations avec madame Léonie Longuet qui demeure, je crois, à Saint-Cloud... Il a vu cette estimable dame avant-hier. Elle semble regretter de ne plus avoir de vos nouvelles.

CHAPITRE 56

Je me rends dès le lendemain à Saint-Cloud.

Je m'y rends en début d'après-midi, juste après avoir téléphoné à la Pitié-Salpêtrière où Chantal est toujours dans le coma, et avoir reçu un coup de fil de l'Africain. Le Général de Gaulle a tranché comme on l'espérait en faveur de Roger Frey. Jacques Foccart est prié de raser les murs et faire passer le message au Mossad. Plus de vagues du côté d'Aulnay-sous-Bois. On fiche la paix à Lucien Bromier et Benoît Jeudy. Sinon, on perquisitionne la MMG, on pourrit la vie de ses dirigeants et des dirigeants de la CARMITEX avant de faire sauter les camions et les vedettes qui transportent leurs pièces détachées. Voire plus si affinités. Merci, mon Général.

Léonie Longuet me reçoit dans son salon bleu. Installée dans une bergère, un plaid sur les genoux, elle a le regard éteint, la voix faible.

— Mon enveloppe corporelle est devenue un carcan, il est temps que j'en change. L'heure est venue pour moi de transmettre ce qu'il convient de transmettre... Approchez-vous, jeune homme.

Elle glisse la main sous son plaid, en retire une sorte de statuette.

— C'est un plomb de Seine. Au Moyen Âge, les pèlerins qui partaient pour Compostelle ou Jérusalem, après s'être rassemblés devant Notre-Dame, les jetaient dans le fleuve cher à Isis pour attirer sur eux la protection divine. Parmi ces pèlerins, une poignée d'alchimistes membres de la Société des Nautes...

Je la regarde bouche bée.

– ... Tenez, c'est pour vous.

Le plomb fait une dizaine de centimètres. Il représente un chevalier très stylisé, coiffé d'un heaume, épée au flanc.

– Ne vous fiez pas à ses apparences, Roger. Sous le plomb gît l'or alchimique... L'or de Flamel.

J'ai l'impression que le sol s'ouvre sous mes pieds.

– Flamel est parmi nous, vous l'avez deviné. Quand il s'absente de Paris, une fois sur trois c'est pour se rendre en Inde et deux fois sur trois pour se rendre à Jérusalem. Le sort de la Terre sainte, les comportements d'Israël le préoccupent particulièrement... C'est un homme de paix et d'amour comme tous les immortels. Il a créé la Société des Nautes afin de préserver ce qui doit l'être. Il a besoin d'hommes et de femmes de bonne volonté pour mener sa tâche à bien... Une tâche faite d'observation et d'action. Vous allez comprendre très vite pourquoi il s'intéresse à vous, Roger. Cette nuit, avant de sombrer dans le sommeil, glissez ce plomb de Seine sous votre oreiller et accueillez avec humilité ce qui vous sera transmis.

CHAPITRE 57

J'ai beau être en train de rêver, je sais que je suis une particule de conscience, une étincelle lovée dans la flamme d'une bougie. Je vois, j'écoute ce qui se passe et se dit autour de moi. Deux hommes sont attablés. Des anciens du Bureau de Renseignements pour le Commerce de Vidocq.

– Merci, messieurs de m'avoir attendu...

L'homme qui vient d'arriver, longs cheveux gris tombant sur le col de sa redingote très bien coupée, je le connais.

Paul Loiseau.

Par contre, le jeune homme qui l'accompagne, tout aussi élégamment vêtu, ne me dit rien. Je le regarde s'asseoir à la droite de Loiseau. Quelqu'un souffle la bougie. Il est arrivé sans prévenir et s'est tenu un long moment près de la porte. Il a trouvé la pierre philosophale. C'est un Adepte. Il se nomme Nicolas Flamel. J'ai été séparé de la flamme par son souffle.

Redevenu particule de conscience, me voilà aspirée par la narine droite de l'inconnu assis près de Loiseau. Je me fonds dans sa conscience. Je deviens lui.

– Ambroise Morel, mon secrétaire...

Je suis entré au service de Paul Loiseau deux ans plus tôt, recommandé par un ancien associé du banquier Laffitte. Paul venait de Londres, il se faisait appeler John Sanders. Il avait besoin d'un garde du corps. Des gens voulaient lui faire la peau. Ils avaient récidivé à six mois d'intervalle.

– L'homme qui a cherché à vous assassiner le mois dernier est au service de la banque Seillière, monsieur Sanders.

Je ne suis pas étonné. La banque Seillière n'a guère apprécié de voir l'une de ses caches d'or parisiennes pillée en janvier dernier, rue des Amandiers-Sainte-Geneviève. La seconde cette année... Après la cache de la rue d'Albe.

– Ensuite ?

– Il nous donné du fil à retordre, monsieur Sanders, mais nous sommes quand même parvenus à le loger.

– Eh bien allez-y... Je vous écoute.

– Il demeure rue de l'Arche-Pépin. Au numéro 6. Il se fait appeler Arthur Verdoyon...

– Parfait... Voici pour vous, messieurs.

Une bourse gonflée d'or roule sur la table.

*

Au sortir du cabaret, nous faisons une vingtaine de mètres à pied avant de grimper dans une berline de voyage à laquelle sont attelés deux chevaux.

– Alors, Paul ?

L'homme qui nous attend à l'intérieur de la berline est le comte Alphonse Henri d'Hautpoul, ministre de la Guerre, il s'apprête, selon Loiseau, à quitter son poste pour devenir le gouverneur général de l'Algérie.

– Il se fait appeler Arthur Verdoyon, monsieur le comte. Il demeure au 6 de la rue de l'Arche-Pépin.

– Considérez le problème comme réglé, Paul... Vous pouvez rentrer tranquillement à Londres. Les salopards qui nous ont délestés des deux tiers de la cargaison de *l'Orgueilleux* lors de son transfert à Gênes nous ont remboursés bien malgré eux au centuple avec ce qu'on leur a pris rue d'Albe et rue des Amandiers ! Ils vont recevoir avant la fin de la semaine le cadavre de leur sicaire Arthur Verdoyon dans une malle en osier... Quant à vous, Paul, sachez que je vous ai fait transférer, pas plus tard qu'hier matin, deux millions sur votre compte à la *Sociedad espanola mercantil e industrial*... Avec les quatre millions transférés le mois dernier sur votre compte à la *Commercial Bank of Scotland*, nous voilà quittes.

CHAPITRE 58

Vendredi 24 juin 1966

L'intuition.

J'ai pris le plomb de Seine avec moi, suite au rêve de cette nuit.
Je le serre au fond de la poche droite de mon blouson de toile légère.

Il fait beau aux abords du jardin médiéval de Cluny en ce début d'après-midi.
Je sais qu'il va venir...

Je l'attends.

Épilogue

— Je ne vous serre pas la main, vous ne le supporteriez pas. Du moins pas encore. Mais cela viendra...

— Je vous en remercie par avance, Maître.

— Que la paix soit avec vous, Roger...

Il s'assied à ma droite sur le banc, après avoir retiré d'une des poches de son pardessus élimé une poignée de grains qu'il jette aux pigeons regroupés en bordure d'allée.

— ... Près d'un siècle que l'on ne s'est vus. Vous vous appeliez Ambroise Morel, à l'époque. Je vous avais collé dans les pattes de Paul Loiseau pour que vous récupériez une partie du trésor d'Alger... Oh ! une toute petite partie... Une Menorah en or alchimique qui m'avait été confiée en son temps par Maître Anseaulme, un valeureux serviteur d'Hermès qui avait été témoin à mon mariage avec Dame Pernelle et sans lequel je n'aurais pu faire le voyage de Compostelle... Par l'un de ces caprices dont est friande l'histoire des hommes de bonne volonté, cette Menorah que j'avais cru devoir remettre à l'un de mes disciples en partance pour Carthage fut dérobée par des pirates barbaresques au large des côtes de Tunis et cédée, un peu plus tard, au dey d'Alger. Vous aviez été assez habile pour la soustraire à Paul Loiseau et me la ramener, Roger. Elle est désormais chez moi, il faudra que je vous la montre un de ces prochains jours. Car nous sommes appelés à nous revoir...

Sa voix devient grave.

– … Le trésor dérobé à Alger en juillet 1830 me préoccupait car les soixante-deux sacs de toile, les trente et une caisses et les vingt-six tonneaux emplis d'or et de pierres précieuses qui devaient être déchargés en France étaient destinées à créer les aciéries et forges du Creusot, fierté de la famille Schneider, alliée des Seillière... Ces forges et aciéries avaient vocation de fabriquer des canons, côté français, et préparer la Première Guerre mondiale... Ensuite viendrait la Seconde Guerre mondiale, celle des Lydie Basténi, Marquès-Rivière et leurs amis, avec son cortège d'horreurs, la Shoah, les bombardements atomiques d'Hiroshima et de Nagasaki... Avant que le Creusot, reconversion oblige, ne se lance dans la terrifiante aventure nucléaire et son irréversible prolifération...

Je me contente de hocher la tête.

– … L'infamie n'est pas terminée, Roger. Les Entrepôts Généraux d'Aulnay-sous-Bois vont servir, dans les prochains mois, à stocker du matériel de guerre et faciliter l'entraînement de mercenaires qui iront mettre à feu et à sang le Biafra, province sécessionniste du Nigeria... Et après le génocide du Biafra se produiront d'autres génocides... Le karma de notre vieux pays, lancé dans la très cruelle et maléfique guerre du pétrole, l'or noir du Diable, va hélas s'alourdir dans les décennies à venir. Nous allons devoir redoubler de vigilance.

17 h 10.

Il se lève, jette une dernière poignée de grains aux pigeons.

– Avant de rentrer chez vous, Roger, faites un petit crochet par la Pitié-Salpêtrière... Votre amie Chantal vient de sortir du coma. Je me suis laissé dire que Maître Anseaulme, qui me fait l'amitié de veiller sur la Société des Nautes lorsque je suis hors de France, et se fait parfois appeler « le chaman », y est pour quelque chose.

Je le regarde s'éloigner d'un pas tranquille.

Sous mes doigts, le plomb de Seine dégage une chaleur apaisante.

La transformation a commencé.

La lente transformation qui me permettra, le moment venu, non seulement de serrer la main du Maître, gardien des arcanes du Vieux-Paris alchimique, mais de faire, si mon intuition est bonne, ce que je faisais, sur la fin, avec sa permission, quand j'étais Ambroise Morel...

Entrer dans *son* monde.

POURQUOI ADHERER A L'ODS

En plus de rassembler toute une « faune de l'espace » passionnée de littératures de l'imaginaire, science-fiction, fantastique, fantasy, etc et tant de chercheurs érudits des univers de l'étrange, l'ODS est une association active qui organise ou coordonne de nombreux événements dans les domaines qui nous intéressent.

C'est un fait que l'activité de publication de fanzines qui était son expression principale à ses débuts a dû être transférée vers notre maison d'édition, EODS, faute de lecteurs assidus dans un secteur qui s'est peu à peu reporté vers le web. Certaines revues ont disparu, d'autres sont nées à cette occasion. Force est de nous adapter au potentiel du lectorat d'aujourd'hui, et nous voilà au XXIe siècle !

Toutefois, tout en nous adaptant, nous tenons, à l'ODS, à préserver cette convivialité qui fut toujours la première motivation de notre existence associative. C'est pourquoi nous poursuivons avant tout l'organisation de rencontres, conférences, congrès, dîners thématiques et autres missions scientifiques autour des thèmes qui nous sont chers. Participer à ces nombreuses activités, les organiser ou permettre à certains invités de venir y présenter leurs travaux, voilà aujourd'hui la vocation de l'ODS. Ainsi, tout au long de l'année, vous êtes conviés à nous rejoindre lors de dîners informels, comme celui du Nouvel Eon en janvier, et toutes sortes de rencontres à thèmes intitulées « on the spot », selon le calendrier de la venue d'auteurs en région parisienne, ainsi qu'à des colloques de haute teneur dont ceux organisés à Rennes-le-Château (ARTBS) ou à Paris comme le Congrès Fortéen, les journées Heuvelmans ou Jacques Bergier, etc, mais aussi à nous rendre visite sur les stands des nombreuses conventions auxquels nous participons.

L'organisation de ces événements et la participation de l'association à ceux organisés par d'autres sont aujourd'hui devenus notre activité principale, car c'est ce qui fait vivre notre univers littéraire et préserve ce caractère unique qui nous plaît. Si certains supports de lecture disparaissent petit à petit au profit de medias plus modernes – du fanzine au webzine, des listes de discussions aux réseaux sociaux, etc. – il reste que nous sommes tous attachés aux livres originaux au format papier, non seulement à l'objet que l'on peut aujourd'hui commander en trois clics, mais surtout à ce qui va autour, c'est-à-dire les rencontres, les discussions, le partage et les possibles collaborations qui s'improvisent au gré des initiatives de nos membres les plus passionnés et, bien entendu, au plaisir de lire !

La participation de chacun à cette fourmillante activité littéraire et autour de la littérature se coordonne le plus simplement possible par le moyen de notre association, et c'est la raison d'être de l'ODS. En y adhérant, et surtout en participant par votre présence et votre concours à ces rencontres, ainsi qu'à la naissance et la réalisation de nouveaux projets, vous nous aidez à prolonger la vie de notre multivers littéraire. Bienvenue à tous et merci pour votre présence !

Emmanuel Thibault, membre du Conseil de AODS

LES ÉDITIONS DE L'ŒIL DU SPHINX

SARL au capital de 15.245 €

R.C.S. Paris B 432 025 864 (2000 B11249)

36-42 rue de la Villette

75019 PARIS

Mail ods@oeildusphinx.com

http://www.œildusphinx.com

Tél 09.75.32.33.55

Fax 01.42.01.05.38

Toutes nos parutions sont sur :
http://boutique.oeildusphinx.com

www.ingramcontent.com/pod-product-compliance
Lightning Source LLC
La Vergne TN
LVHW050601200726
843508LV00010B/1711